林文寶　編著

張晏瑞　主編

# 林文寶兒童文學著作集

## 第四輯　其他編

第十冊
性別平等教育優良讀物
兒童版（修編版）

# 性別平等教育優良讀物
# 兒童版（修編版）

林文寶、嚴淑女　主編

張晏瑞　主編

# 性別平等
## 教育優良讀物 100

兒童版（修編版）

主 辦 單 位：教育部訓育委員會
承 辦 單 位：國立臺東大學兒童文學研究所
計 畫 主 持 人：林文寶
計畫協同主持人：嚴淑女
研 究 助 理：吳文薰、林倩葦、黃千芬
執 行 時 間：2003 年 7 月～2003 年 12 月

《性別平等教育優良讀物 兒童版 100（修編版）》原版書影

國家圖書館出版品預行編目資料

**性別平等教育優良讀物 100 兒童版（修編版）**

發 行 者：黃榮村

主　　編：林文寶、嚴淑女

編　　輯：吳文薰、林倩葦、黃千芬

版面設計：蔡正雄

封面插圖：張　瀛

封面設計：曹秀蓉

出 版 者：教育部
　　　　　臺北市中山南路 5 號
　　　　　02-23566051

承 辦 者：國立臺東大學兒童文學研究所
　　　　　臺東市中華路 1 段 684 號
　　　　　089-318855
　　　　　劃撥帳號：06648301
　　　　　戶名：國立臺東大學兒童文學研究所

承 印 者：

出版日期：2003 年 12 月

ISBN 957-

《性別平等教育優良讀物 兒童版 100 （修編版）》 原版版權頁

# 性別新視界

　　當兩性議題逐漸為朝野所重視，性別平等座談會在各地舉辦；當兩性教育平等中心在各級學校成立，九年一貫課程改革將兩性平等列入六大議題；當破除單身、禁孕條款等陋規的「兩性工作平等法」，在 91 年 3 月 8 日婦女節正式實施，我們終於有了「先做人，再做女人或男人」的覺醒，終於有了反省性別歧見的勇氣。

　　性別認同的養成從小開始，給孩子看的書是第一道要反省的關卡。

　　自 2001 年 11 月至 2002 年 4 月，本所受教育部委託承辦「性別平等教育優良讀物 100 (兒童版・少年版)」編選工作。編選的書目經諮詢委員會決議，以兒童文學作品為主，原欲採納之光碟、有聲書與漫畫作品，因市場變化太快、作品主題不明顯，不列入編選項目中。此外，改寫國外兒童文學作品或翻譯不完整者，亦不列入考量。

　　此次編選的理論依據是女性主義與後殖民論述。在 Narahara, May 1998 年發表的研究論文〈Gender Bias in Children's Pictures Books：A Look at Teachers' Choice of Literature.〉，所附之附錄 B 中，提到一般在兒童文學作品裡檢核性別歧視的條件是：

1. 女孩是不是得到技藝和能力而不是美貌作為回報？
2. 是不是顯見母親在外工作的寫實部分？
3. 他們(母親)是不是有些除了行政和專門技術以外的工作？
4. 有沒有顯見父親在撫育或花時間陪小孩？
5. 是否家庭所有成員都平等參與家務？
6. 是否男女都平等參與體能活動？

7. 是否男女角色人物都平等尊重彼此？

8. 是不是顯見男女都獨當一面、聰明而勇敢……有能力面對他們自己的問題並且找到自己的解決之道？

9. 有沒有任何詆毀的性別刻板的角色人物刻畫，例如「男孩是最棒的創造者」或「女孩傻瓜」？

10. 不是顯見男女都擁有廣幅的情緒、感覺和反應？

11. 男性代名詞（比方說 mankind, he）是不是用以指代所有人？

12. 女孩受重視的是否是成就而不是他們的衣著或外型？

13. 非人類角色人物他們的關係是否被以性別刻板擬人化（例如狗被寫成陽剛，貓則是陰柔）？

14. 女人和女孩是不是被描繪成溫順、被動而且極待幫助？

15. 資料是否反映了女人在今日社會的情況和貢獻？

16. 女性在除了主流以外的其他文化是否適切地被描述？

17. 諸如力量、同情、進取、溫情和勇氣等特質是否被視為人性而非性別特性？

18. 題材是否鼓勵男女看待自己是對一切對立和選擇有平等權利的人類？

綜合以上的理論基礎，我們歸納出七項檢核向度，分別為：

1. 明顯討論性別議題的作品：係指作者敏覺於性別議題，例如女性主義者或同志運動參與者等意圖

明顯的創作。

2. 顛覆性別刻板印象的作品：係指針對經典童話或民間傳說等傳統故事的重新詮釋，或依據當代時空環境、文學發展的時代意義，所改寫、創作的作品。

3. 創新性別敘事模式的作品：係指作者在故事裡呈現男女角色人物的身分、地位及情節發展模式有異於刻板化的處理、設計。

4. 刻畫積極女性形象的作品：係指作品不僅以女性為主角，並且賦予主角非傳統刻板化的形象，能呈現女性主體價值的創作。

5. 突破二元性別認同的作品：係指在建構自我性別認同的過程中能避免以強弱、尊卑等二元對立方式來認同性別的成長故事。

6. 闡釋性別平等意識的作品：係指講述同性或異性同儕彼此尊重，不以性別刻板印象相互傾軋的故事。

7. 尊重種族平等與同性戀的作品：係指以種族間兩性交往或同性相戀為主題的作品，並能打破不同性別與同種族交往的刻板印象，增加對不同種族兩性交往的接納度，給予主角以尊重與認同，而非歧視或輕蔑。

　　依據七項編選向度，我們搜集國內各年度圖書推荐與得獎作品目錄，如《好書指南》和《小太陽獎》等，並邀請國內兒童文學工作者及各大童書出版社提供相關書目，初步篩選出 300 本兒童文學作品，包括圖畫故事書、童話、兒童散文與少年小說等。

　　初選的書目經上網公告，集思廣益的結果，增加至315 本。再經由編選委員：張子樟教授、柯倩華老師、沈惠芳老師和兒童文學研究所研究生，共同依據初選書目進行淘汰及分類，按讀者閱讀年齡分為兒童版與少年版各 100 本。兒童版書目包括圖畫故事書、短篇童話、故事等文類；長篇童話、散文、小說創作則列入少年版書目。

　　入選書目由兒文所學生撰寫推荐理由，分兒童版、少年版編印成冊，作為本土兒童性別平等教育的好書指南。唯需特別說明的是，本書目之遺珠是認識與尊重異性身體的相關讀物，雖然此亦為性別平等教育之一環，但以此為主題的作品，往往以生理結構的介紹、青春期身體的變化為重點，知識性大於文學性，而數量之繁雜亦難以取捨，尚祈由讀者另行補充。

　　書目中包括傳世久遠的世界經典名著，考量寫作時代的背景及作者的社會文化因素，與現今社會環境大有出入，教師如欲以此做為性別平等教育的教材，需先導讀或以師生共讀、討論的方式，避免學生產生困惑。

　　「性別平等教育優良讀物 100」或許不盡完善，卻是一分對國內性別平等教育的關懷，我們期待可以藉由童書中美麗的夢與想像，讓每個人——不分女人或男人——都能受到完全的尊重，破除性別歧視、刻板印象，讓每個人都能活出自己。

國立臺東大學院人文學院院長

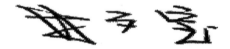

# 目錄

## 小 說 類

## 附 　 錄

# 養豬王子

| 文本論及議題 | 性別平等教育主要內容項目 |
|:---:|:---:|
| | 兩性的成長與發展 |
| ∨ | 兩性的關係與互動 |
| ∨ | 性別角色的學習與突破 |
| | 多元文化社會中的兩性平等 |
| | 兩性權益相關議題 |

作　　者：H.C. Andersen
插　　畫：Bjørn Wiinblad
譯　　者：蔣家語
出 版 社：上誼文化實業股份
　　　　　有限公司
出版日期：1989 年 10 月
定　　價：140 元

　　英俊的王子一定得配上美麗的公主，才能從此過著幸福快樂的生活嗎？白雪公主因白馬王子而獲救，睡美人因王子的吻而甦醒，「外貌」成了古典童話主角的一大先決因素，彷彿於美麗的外表下才可能有相配的高貴靈魂，反之，醜陋的人多為負面角色。《養豬王子》卻給王子公主一個新定義，安徒生自己曾說過：「〈養豬王子〉（全集譯為「豬倌」）帶有一些古老丹麥民間故事的痕跡。這個故事是我在兒時聽到的──當然我不能照原樣把他複述出來。」於是他賦予故事新的觀念，一個不同於傳統公主王子的故事。

　　故事中英俊的小國王子和一般王子一樣，盼望找個外貌和他相匹配的公主結婚，為此甚至送上自己最珍愛的玫瑰和夜鶯，但公主卻不領情。王子於是化身為豬倌接近公主，經歷一連串事件的試驗後，猛然發現，在美麗的外貌下，公主不過是個愚蠢的人。王子終於有所領悟，而放棄追求公主。公主和王子沒有在一起，但王子是幸福的，他得到一個難得的人生經驗，可以時時警惕他不要被事物的外表所迷惑。公主呢？這個故事中的公主結局也許不太美滿，但其他讀到這故事的女孩們，可以變得跟王子一樣有智慧，不再天天盼望著白馬王子的拯救，因為王子在英俊的外表下，也可能只是個草包。或許，我們還可以重新定義「公主」和「王子」──在剔除傳統外貌及階層等限制之後，王子及公主該具備怎樣的條件呢？

　　故事中還有許多安徒生童話常觸及的主題：虛偽、造作和愚蠢（圖畫書限於篇幅作修減，失色許多）等人性的描寫，生動而深刻的批判了所謂「統治階層」者的生活，其內涵和新意，較之目前流行的顛覆童話毫不遜色。（賴素秋）

# 我的爸爸不上班

| 文本論及議題 | 性別平等教育主要內容項目 |
|:---:|:---:|
| | 兩性的成長與發展 |
| ∨ | 兩性的關係與互動 |
| ∨ | 性別角色的學習與突破 |
| | 多元文化社會中的兩性平等 |
| ∨ | 兩性權益相關議題 |

作　　　者：施政廷
插　　　畫：施政廷
出 版 社：上誼文化實業股份
　　　　　有限公司
出版日期：1990 年 3 月
定　　　價：80 元

　　中國傳統社會架構中，一向主張「男主外，女主內」，爸爸外出工作賺錢，媽媽在家整理家務、照顧小孩；隨著社會經濟結構改變、進步，進入了多元分工的時代，家庭型態也跟著有了變異。雙薪家庭取代單薪家庭，而即使是單薪家庭，負擔家庭經濟責任的人也不一定是父親。施政廷的《我的爸爸不上班》故事背景就是這樣一個多元可能性的父母工作機制。

　　孩子的認知中，爸爸、媽媽外出工作就是上班，《我的爸爸不上班》書中介紹了許多爸爸外出上班、做不同的工作、不同的工作地點，有些則是爸爸、媽媽都外出上班，連他們的孩子也都要到保姆家「上班」，那麼主角的爸爸呢？

　　她說「大家的爸爸都要上班，我的爸爸不上班，躲在黑漆漆的房間裡。」還說：「不要吵！爸爸在上班。」這是不同於孩子認知的上班型態，也是現代社會新興的工作形式，除了文本中暗示爸爸的工作是攝影師，躲在家中暗房工作之外，另外還有專職作家、畫家或開個人工作室的工作者也都可能「在家上班」，以及電腦程式設計 soho 族，都是在家上班的一群，可以預見未來會有愈來愈多的爸爸「在家上班」。

　　「在家上班」除了表示工作地點的差異外，作者也意圖為「上班」重新定義。工作「賺錢」是上班，在家照顧家庭、整理家務也是另一種「上班」，作者並不否定料理家事者的辛勞與貢獻。同時不將誰主內，誰主外視為性別問題，而是個人的選擇。無論在家工作或出外工作，對家庭的貢獻都是不可抹滅的。此一觀點不僅顛覆了傳統對性別分工的社會期待，也讓男性、女性在職業選擇上有更寬廣的空間。（紀采婷）

# 朱家故事

| 文本論及議題 | 性別平等教育主要內容項目 |
|:---:|:---:|
| V | 兩性的成長與發展 |
|  | 兩性的關係與互動 |
|  | 性別角色的學習與突破 |
| V | 多元文化社會中的兩性平等 |
|  | 兩性權益相關議題 |

作　　者：Anthony Browne
插　　畫：Anthony Browne
譯　　者：漢聲雜誌社
出 版 社：英文漢聲出版有限
　　　　　公司
出版日期：1991 年 4 月
定　　價：405 元

　　朱家是一個什麼樣的家庭？「這是朱先生和他的兩個兒子，小吉和小利。他們住在這棟很漂亮的花園洋房裡。他們還有一輛很漂亮的車子，放在很漂亮的車庫裡。」這是這本圖畫書第一頁的文字敘述，畫面如文字所寫──三個笑容滿面的男人站在他們引以爲豪的房子、車子前面。朱太太呢？畫面裡並沒有朱太太，「朱太太正在房子裡忙著。」彷彿突然記起這個人的存在，在房子、車子之後，朱太太才被順帶提上一筆。朱太太真是全家最不值得一提的嗎？作者沒有明說，但對照封面朱太太背負著全家人的畫面，形成強烈對比。

　　傳統「男主外，女主內」的家庭觀念，讓家事順理成章變成女人的職責，這樣根深蒂固的想法一直延續著，即使現代有許多職業婦女和先生一樣賺錢養家，卻還是被要求必須在回家後包辦所有家事，以「照顧好辛苦工作的先生」、「努力讀書的小孩」。「家事」對女人而言，彷彿不是一件負擔，是天職，而男人賺錢叫「養家活口」，女人賺錢卻叫「貼補家用」。《朱家故事》中的朱太太，正是這樣被要求的眾多女性之一，朱太太甚至沒有名字，她是隸屬「朱先生（家）」的一部分。

　　直到有一天，她用出走來表達抗議，其他人才了解到朱太太平常所做的，是怎樣辛苦的「工作」，而朱太太又是怎樣重要的一個人。於是，當朱太太再度回到家時，她成了畫面中的主角──這也是她第一次，和其他人同時出現在一個畫面當中，且其他人匍伏在她的腳下。當然，朱太太（所有女性）要的不只是男性感激她們做家事辛苦，而是同理，甚至進一步從新定義男女的分工。誰說家事該由女人做？最後朱先生開始洗碗盤、燙衣服，小吉和小利自己鋪床，不都做得家事天才，不等於機械白癡，換言之，男人也是一樣的。作者用極幽默的方式，成功顛覆了傳統的男女分工。

　　另外，值得一提的是，作者安東尼·布朗十分擅長於畫面中安排一些小變化來暗示故事情節的發展，這是閱讀這本圖畫書時的另一項挑戰和樂趣。（賴素秋）

# 小貓玫瑰

| 文本論及議題 | 性別平等教育主要內容項目 |
|:---:|:---:|
| | 兩性的成長與發展 |
| | 兩性的關係與互動 |
| ∨ | 性別角色的學習與突破 |
| ∨ | 多元文化社會中的兩性平等 |
| | 兩性權益相關議題 |

作　　者：Piotr Wilkon
插　　畫：Jozef Wilkon
譯　　者：陶緯
出 版 社：上誼文化實業股份
　　　　　有限公司
出版日期：1991 年 9 月
定　　價：300 元

　　黑貓嶺上住著的都是毛皮黑亮的黑貓；其中又以關家最為出名，因為關家整個家族的皮毛就像貂皮一樣地烏黑油亮、令人驕傲。可是有一天，高貴的關家竟生出了一隻紅貓！

　　小貓玫瑰就在眾人驚異的目光中誕生──全身通紅的毛色，讓關老爺、夫人不知該如何是好。關家夫婦煩惱的，還不只玫瑰的紅皮毛，她還愈來愈任性、愈來愈叛逆，連上捉老鼠課的時候，都與老鼠一起唱歌跳舞，簡直荒唐到令人難以忍受。最後玫瑰向母親提出離家過自己生活的要求，關夫人不得不答應。許久之後，玫瑰再度回到黑貓嶺，不過這次回來的，可是帶著一群兒女回家拜訪外公外婆的著名搖滾樂團歌手了。

　　作者皮歐特‧魏爾康和繪者約瑟夫‧魏爾康精彩地塑造出一個具有鮮明個性、積極又自信的女性形象。玫瑰的毛色和個性與兄弟姊妹大為不同，被認為是叛逆的怪胎，但她並未因此而畏縮，反而順著本性，積極發展自己的才華與生活觀。玫瑰是隻母貓，但非性子溫順、只以生兒育女為生活目標的母貓；雖具母職身分，她仍不忘投身於熱愛的歌唱事業，到處巡迴演唱。玫瑰自信的態度與作法，最後還反過來感動關家夫婦，改變他們以貌取人、以傳統刻板形象設定女性生活目標的想法。

　　關老爺、夫人最後不但高高興興地照顧三隻紅貓、一隻黑貓孫子，還很以自己的女兒為傲。黑貓嶺的所有鄰居也跟著改變想法，認為家鄉出了一個著名的歌手是件相當了不起的大事。從《小貓玫瑰》的情節可以看得出來，作者們不但積極肯定女性主體價值，而且還鼓勵女性認同自己的性別，挖掘個人潛在能力，發揮自我才華，莫受傳統社會價值觀束縛，要自信且堅定地一展長才、貢獻所能，同時也呼籲大家重新審視「叛逆」的定義。難道行為與眾人不同，就是叛逆、沒有出息嗎？

　　（李畹琪）

# 丹雅公主

| 文本論及議題 | 性別平等教育主要內容項目 |
| :---: | :---: |
| | 兩性的成長與發展 |
| | 兩性的關係與互動 |
| | 性別角色的學習與突破 |
| ∨ | 多元文化社會中的兩性平等 |
| | 兩性權益相關議題 |

作　　者：王宣一
插　　畫：莊稼漢
出 版 社：遠流出版事業股份
　　　　　有限公司
出版日期：1993 年 3 月
定　　價：250 元

　　在《丹雅公主》中，有個長久以來對女性的控訴，即
丈夫若早死，是因為妻子是不吉祥的掃帚星。丹雅公主
一連嫁了三個丈夫，但是因為丈夫皆早死，因此算命卜
卦的人就說她是不吉祥的掃帚星，人民甚至要求國王將
她處死。國王念在丹雅公主懷孕，讓她離開俚國，她反
而漂流到海南島，成為黎族的祖先。

　　在中國，妻子的命理似乎維繫在丈夫的運勢與人生
上，特別表現在丈夫不順利時，妻子的命理成為怪罪的
對象，代罪羔羊。丹雅公主也落入為丈夫背負生死責任
的控訴中，她被指控是間接殺害丈夫的人，社會也相信
她應該以死謝罪。「不吉祥的掃帚星」是一個永遠沒有任
何證據佐證的罪名，但是社會卻深信不疑，甚至對被冠
上這種大帽子的婦女產生懼怕，想把丹雅公主處死，想
必是公眾賦予她超自然的想像後產生的恐懼使然。

　　丹雅公主是無辜的，但是在父權價值體系下，沒有人
會想到，她是否孤獨地承擔失去丈夫的痛苦與煎熬。放
逐是一種憐憫，而本來要被處死是象徵一名失去三個丈
夫的女性連作一個國家的公民、普通老百姓的資格都沒
有，她成為丈夫與家庭不幸的根源，眾人視她與殺人凶
手無異。

　　雖然丹雅公主被迫背負父權價值觀的包袱，但是她在
荒島上憑勇氣、智慧與毅力生存下來。在山鬼神王的女
兒山花成為丹雅公主的兒子伯打的妻子之後，山鬼神王
並沒有放過他（她）們。當鬼神們來挑戰她時，她讓伯
打與山花躲起來，自己對抗鬼神的威脅。她挺身為家人
的生命而戰並且成功，這樣的情節安排與她先前被俚國
人民指控是「不吉祥的掃帚星」形成諷刺：挽救全家人
性命（包括一名男性的生命）的不是成年兒子伯打，而
是曾經被認為是威脅男性生命的掃帚星母親。書中敘述
是丹雅公主的正氣之色感動天地神，產生力量，讓她安
全度過重重危難。然而，她的成功不僅因於此，還包括
她身為一個女人心中一股愛的力量與價值。（陳素琳）

# 紅公雞

| 文本論及議題 | 性別平等教育主要內容項目 |
|:---:|:---:|
|  | 兩性的成長與發展 |
|  | 兩性的關係與互動 |
| ∨ | 性別角色的學習與突破 |
|  | 多元文化社會中的兩性平等 |
|  | 兩性權益相關議題 |

作　　者：王蘭
插　　畫：張哲銘
出 版 社：信誼基金出版社
出版日期：1993 年 8 月
定　　價：200 元

誰說孵蛋一定是母雞的工作？

深具創意的圖畫書《紅公雞》，是信誼幼兒文學獎的得獎作品。內容描述一隻熱心的大公雞，偶然在田野間發現一顆蛋，最先他守候在旁，等待「雞蛋的母親」前來尋蛋，卻沒想到等到的是一條凶猛的大蛇，爲了保護這顆蛋，他只好自己孵蛋，而這樣的決定卻讓他贏得農場裡母雞們的尊敬。在孵育過程中，紅公雞對蛋產生了期待和幻想，最後在公雞的愛心和堅持下，小雞破殼而出，而他順理成章，做了小雞的「養父」。

「孵蛋」一定是雌性動物的責任和義務嗎？

由科學研究中得知，雌性海馬產下子代後，便交由雄性海馬負責孵育的工作；彩鷸，則由雄性負責孵蛋，哺育子代；負子蟾，亦是由雄性將卵背在背上，保護卵的安全。那麼，爲什麼公雞不能孵蛋呢？

「公雞孵蛋」的點子確實具有創意，使兒童學習開放思考角度。故事中安排農場的母雞們爲孵蛋的公雞加油打氣的情節，更是令人拍案叫絕，深具幽默感。專爲三到八歲兒童繪製的圖畫故事書《紅公雞》，以擬人化的大公雞爲主角，他父兼母職的角色設計，打破傳統的性別刻板印象，說明兩性沒有絕對的分工原則，非常符合「男女平等」的現代意識。

近年來社會型態的改變，職場不再專屬於男性，因此家庭事務也不再是歸屬於女性的責任和義務，需要雙方共同的參與。別忘了，在故事裡，那一隻不固守於刻板想法而願意孵蛋的公雞，可是母雞們心目中的大英雄呢！

《紅公雞》的故事除了具有想像力和幽默感外，更彰顯愛心與惻隱之心的可貴，闡述了「男女平權」的觀點，是一本值得推荐的圖畫書。（張淑惠）

# 天空在腳下

| 文本論及議題 | 性別平等教育主要內容項目 |
| --- | --- |
| | 兩性的成長與發展 |
| | 兩性的關係與互動 |
| ∨ | 性別角色的學習與突破 |
| | 多元文化社會中的兩性平等 |
| | 兩性權益相關議題 |

作　　者：Emily Arnold McCully

插　　畫：Emily Arnold McCully

譯　　者：孫晴峰

出 版 社：格林文化事業有限公司

出版日期：1994 年 1 月

　　一個兩手伸開，身穿水藍海軍服，紅髮迎風飄揚的女孩，臉上的表情專注而堅毅。襯著她的不是安穩的土地，而是一大片天空和遠在下方的房屋和街道。她的雙腳，走在一條漾著金色光澤的繩索上。這是《天空在腳下》的封面。

　　故事發生在距今大約一百多年前，當時仍是世界藝術文化中心的巴黎，來來往往著各色各樣不同專長的人物。而主角米瑞，這位有著一頭醒目紅髮的小女孩，則在大城市中守寡的媽媽開設的旅店裡，勤奮的幫忙與生活。直到有一天，宣稱退休的走鋼索表演者柏里尼住進她們的旅店，從此改變了米瑞看世界的角度，也讓一度十分著名、卻自願退休的柏里尼拾起勇氣，重出江湖。

　　柏里尼在米瑞要求他教她走鋼索的時候，很認真的說：「你一旦開始學了，腳就再也耐不住踏在地上了。」這句話，或許也是說給他自己聽的吧！因為某種不知名的恐懼，柏里尼離開使他聲名大噪的天空舞臺，對女主人說自己「退休」了，隱居在大城市中的小旅店後院。最後卻耐不住自己心裡潛藏的想望，在後院走起晒衣繩來了！米瑞雖然一開始拜師不成，不屈不撓的精神終於打動了柏里尼，開始嚴格的訓練，最後成為與柏里尼一起巡迴演出的伙伴。

　　米瑞這個角色不只是突破了女孩膽小、畏縮的性別設定，更因為有她的緣故而使得一位中年男子重新擁有愛與付出的心，願意與自己內心黑暗的恐懼一搏——他決定為米瑞重回鋼索上。不過當他站在廣場上空的鋼索上時，恐懼襲來，此時爬上鋼索彼端，向柏里尼伸出雙手的正是小小的米瑞，彷彿她心裡正呼喊著：「眼睛不要東張西望，心裡只想著腳下的繩索，想著目的地！」這是一個男子教導小女孩如何以新視角看世界的故事，也是一個小女孩解救受困於內心恐懼的男子的故事。

　　(楊雅涵)

# 阿倫王子歷險記

| 文本論及議題 | 性別平等教育主要內容項目 |
|:---:|:---:|
|  | 兩性的成長與發展 |
| ∨ | 兩性的關係與互動 |
| ∨ | 性別角色的學習與突破 |
|  | 多元文化社會中的兩性平等 |
|  | 兩性權益相關議題 |

作　　　者：Burny Bos
插　　　畫：Hans de Beer
譯　　　者：劉守儀
出 版 社：格林文化事業股份
　　　　　　有限公司
出版日期：1994 年 1 月

青蛙阿倫住在小水溝邊。阿倫沒有兄弟姊妹，所以爸媽很寵愛他。爸爸給他買很多的玩具，媽媽總是叫他「我的小王子」。糟糕的是，阿倫以為媽媽的話是真的。

阿倫一直都認為自己是一個王子，但是大家都不相信，於是他出門尋找配得上他的公主。首先，阿倫遇到了和家人失散的小鳥露西，他決定帶著她一起去找尋公主。在朝夕相處下，阿倫和露西變成了好朋友，而露西竟是阿倫最怕的動物——鸛。雖然和天敵在一起，阿倫仍然真心相待，鸛也可以成為好朋友，就像他是青蛙也是王子一樣。兩個好朋友繼續前往城堡，公主呢？原來前面已經有數百個王子在排隊。阿倫終於知道自己不是唯一的王子，只好悶悶不樂的離開了城堡。而在他開車回家的路上，車子竟然拋錨了，幸好露西及時出現，靠著她的幫助，阿倫順利回到了家。

傳統的童話故事結尾多是英俊的王子解救了美麗的公主，從此過著幸福快樂的生活。這裡的「青蛙王子」版開頭也是傳統的，阿倫自認為是王子，也幻想要去解救公主。在他出發去尋找公主的途中，首先遇到迷路的小鳥露西，最後決定要幫助她的最大因素，就是因為他的王子式英雄氣概。在一起前往尋找公主的途中，他們成了好朋友。隨著小鳥的長大，青蛙和小鳥的男女外在形象漸漸顛覆傳統，小鸛鳥已經變成了大鸛鳥，阿倫的英雄氣概也轉成了害怕，兩個好朋友之間的性別模式漸漸轉變成女強男弱。後來，阿倫到了城堡，尋找傳統中等待被解救的公主，知道了自己的渺小，也決定不再編織自己的英雄夢。夢醒了，在回家的途中遇到了困難，是他的好友——鸛小姐露西來救他脫離困境，公主解救王子，太不合情理？錯了！這才是阿倫王子心中的美麗結局。(胡怡君)

# 莎麗要去演馬戲

| 文本論及議題 | 性別平等教育主要內容項目 |
|:---:|:---:|
| | 兩性的成長與發展 |
| | 兩性的關係與互動 |
| ∨ | 性別角色的學習與突破 |
| | 多元文化社會中的兩性平等 |
| | 兩性權益相關議題 |

作　　者：Gudrun Mebs
插　　畫：Quint Buchholz
譯　　者：袁瑜
出　版　社：格林文化事業股份
　　　　　有限公司
出版日期：1994 年 1 月

　　馬戲團來囉！還不到上小學年紀的小女孩莎麗雀躍不已，並非因為可以看到吸引人的馬戲表演，而是因為她一心想成為馬戲團的一員，終於盼到這一天，莎麗趕忙收拾起呼拉圈、小刀、睡衣、氣球、肥皂泡泡、蘋果和睡衣，瞞著爸爸媽媽離家。

　　在馬戲團裡大家正為了表演前的演練忙碌著，沒有人把莎麗的毛遂自荐當真；馴獸師嚇唬她；獅子最愛吃她那樣的瘦排骨；空中飛人和飛刀手對她說：妳還差得遠呢！得練習、練習、練習。莎麗還是不願放棄，決定找小丑去，因為她認為演小丑，是自己最在行的。果然小丑欣然接受多個小小丑一起登臺，在幫莎麗畫個大花臉、套過招之後便出場表演，可是一切卻不是照著劇本來，突來的差錯讓莎麗慌張、難過，然而她的淚眼婆娑反而惹得觀眾哄堂大笑。表演過後，莎麗沮喪極了，她不喜歡大家取笑她的笨手笨腳、嘲笑她的眼淚，小丑告訴莎麗：「笨手笨腳和倒楣相就是小丑受歡迎的原因，這就是小丑的工作，即使是那些滑稽的動作也得練習才行。」經過這一天，莎麗明白那些她信心滿滿、自以為很行的馬戲，其實都需要付出時間練習。回家的路上莎麗與小丑約定好明年再見，而到時候她已經個小學生，莎麗說：「當小學生，我最會了。」

　　透過梅布絲幽默的文字和布赫茲細膩的圖像，組成了這樣滋味豐富的故事，一個小女孩的願望居然是演馬戲，帶著一箱行頭伴著一隻貓，莎麗勇敢地追求她的夢想。有別於一般人對於小女孩的印象與期待，作者藉由莎麗對於演馬戲的夢想，呈現了女孩心中對於冒險的嚮往，及實現自我的積極渴望，雖然客串小丑的經驗讓莎麗受到挫折，卻也同時使莎麗成長，故事最後莎麗說：「當小學生，我最會了！」顯然已與離家之前的雄心壯志截然不同，然而，那卻是真正的自信，是莎麗認真面對生活的宣告。(張瑞玲)

# 頑皮公主不出嫁

| 文本論及議題 | 性別平等教育主要內容項目 |
|:---:|:---:|
| ∨ | 兩性的成長與發展 |
|  | 兩性的關係與互動 |
| ∨ | 性別角色的學習與突破 |
|  | 多元文化社會中的兩性平等 |
|  | 兩性權益相關議題 |

作　　者：Babette Cole
插　　畫：Babette Cole
譯　　者：吳燕凰
出 版 社：格林文化事業股份
　　　　　有限公司
出版日期：1994 年 1 月
定　　價：250 元

　　王子和公主的幸福童話，是大家都喜愛的故事。傳統童話模式，總有一個受困於城堡的公主，等待英勇的王子歷經險阻前來拯救，然後兩人一起過著幸福快樂的日子。似乎沒人會去質疑「從此過著幸福快樂的生活」後的日子，會是什麼樣的情況？一般人所感興趣的情節是：王子深情的一吻，能將睡美人自百年睡夢喚醒，報以燦美的笑容；而公主輕柔的吻，能神奇的破除魔咒，讓青蛙與野獸變回英俊瀟灑的王子。

　　但是，《頑皮公主不出嫁》中的史瑪蒂公主，卻是不一樣的公主。她豢養了許多怪物寵物，而且喜歡做一個「單身貴族」，從來就沒想過要結婚。然而，所有的王子都想娶她做太太，因為她又美麗又有錢。面對一大堆討厭的求婚者，她想出了讓大家知難而退的測驗：別讓鼻涕蟲怪物吃花園裡的花，穿溜冰鞋比賽迪斯可馬拉松，到有樹妖的皇家森林裡砍柴火，從大怪魚嘴裡拿回她的神奇戒子等。最後，她的吻竟然讓通過考驗的王子變成青蛙，結局出人意料，教人目瞪口呆。

　　這樣一個古靈精怪的公主，完全顛覆過去傳統童話中的公主形象。但是誰說童話裡的公主一定都是美麗溫順、柔弱需要幫助？像史瑪蒂這樣一個特立獨行、不流於俗的公主，更教人佩服。因為清楚自己要的是什麼，需要智慧；堅持原則不被支配，需要勇氣。事實上，無論男女，每一個人都有權決定、選擇自己想要的生活方式。聰明的史瑪蒂公主雖然不結婚，但她和她的怪物寵物一起生活的很快樂。她的快樂並不是依附在別人的給予上，而是出自於自身的獨立與完整。

　　《頑皮公主不出嫁》這樣一本圖畫書，除了顛覆傳統童話讓讀者產生樂趣外，也讓兒童藉由幽默的故事內容，了解兩性平權的觀念。（林詩屏）

# 膽大小老鼠
# 膽小大巨人

| 文本論及議題 | 性別平等教育主要內容項目 |
|:---:|:---:|
| | 兩性的成長與發展 |
| | 兩性的關係與互動 |
| ∨ | 性別角色的學習與突破 |
| | 多元文化社會中的兩性平等 |
| | 兩性權益相關議題 |

作　　者：Annegert
　　　　　Fuchshubr
插　　畫：Annegert
　　　　　Fuchshubr
譯　　者：梁景峰
出 版 社：格林文化事業股份
　　　　　有限公司
出版日期：1994 年 1 月
定　　價：250 元

　　《膽大小老鼠、膽小大巨人》是很有趣的圖畫書。在形式上，將故事分成兩個部分，無論你從前面或者後面開始閱讀都可以，因為作者會讓故事的二個部分，巧妙的融合在一起，讓人讀了不禁恍然大悟，並露出會心的一笑。我們先從「膽大小老鼠」這個部分看起吧！

　　有一隻嬌小的睡鼠，既聰明又勇敢，盡管森林裡有許多體型比牠大的動物，像黃鼠狼、貓頭鷹或狐狸等，牠一點也不怕！更能利用過人的機智躲過天敵的追捕。而大自然中駭人的暴風雨、閃電或雷聲，對牠來說都是那樣驚奇好玩。別人雖然很佩服牠的膽量，卻沒有人對牠真正友好，因為牠實在跟大家太不一樣了。小睡鼠下定決心要到遠方找尋朋友。

　　再看看「膽小大巨人」。童話中的大巨人，多半體格強壯、性格暴躁及無比的勇氣，都是人在怕他，哪有他怕人的道理！但是故事中的巨人，卻膽小如鼠，一點點風吹草動都會讓他嚇得四處逃竄。他常常覺得孤單，希望能找到朋友，但是沒有動物敢靠近他，他也沒有勇氣去接近他們。

　　有一天，都很希望能找到朋友的小睡鼠和大巨人相遇了！雖然作者沒有告訴我們接下來故事會如何發展，但是相信大家都樂於想像這一對「絕配」的美好友誼的展開。

　　在大家習慣接受童話故事中，「公主是善良可愛」、「後母是陰險邪惡」和「王子是英俊機智」等刻板化的人物形象時，《膽大小老鼠、膽小大巨人》這本書，無論在角色的身分地位，以及情節發展模式，都跳脫窠臼，讓我們接納大巨人也有可能是溫柔纖細，小老鼠更可以是勇氣過人的形象吧！「膽小大巨人」的男性形象，或者是象徵體態嬌小卻勇敢機智女性形象的「小睡鼠」，皆有別於一般的性別敘事模式，在現今倡導兩性平等的社會，有其突破的新意。（王韻明）

# 奇奇骨

| 文本論及議題 | 性別平等教育主要內容項目 |
|:---:|:---:|
| | 兩性的成長與發展 |
| | 兩性的關係與互動 |
| ∨ | 性別角色的學習與突破 |
| | 多元文化社會中的兩性平等 |
| | 兩性權益相關議題 |

作　　　者：William Steig
插　　　畫：William Steig
譯　　　者：劉梅影
出 版 社：上誼文化實業股份
　　　　　有限公司
出版日期：1995 年 9 月
定　　　價：280 元

　　當小紅帽在森林中又遇到大野狼，是被吃掉？還是再一次被獵人所救？或者是靠自己的智慧想出絕妙好計擊退大野狼呢？這是初見威廉‧史塔克這本《奇奇骨》的封面第一個浮出腦海的想法。

　　一隻身穿粉紅衣帽、手拿一朵花的小豬，看似悠哉的走在森林裡，一旁的樹幹後，則躲著一隻西裝筆挺的狐狸正窺視著她。就實際內文來看，故事的基本架構類似「小紅帽」的故事：豬女孩小珠獨自走在森林裡，遇到想吃她的狐狸，將她帶回家，打算煮了來吃。但小珠的故事不是要強調無知的危險，也不是要警惕不聽話的小孩。故事中，小珠沒有天真的和陌生狐狸搭訕，也沒有安排媽媽警告的一段，小珠是個有豐富想像力的小女孩，她憧憬長大成人，她享受生活，優雅的散步到森林裡，陶醉於森林的沐浴，增強了豬女孩小珠主體的獨立性；在森林裡遇到強盜，表現出勇敢的應敵，透過這一連串發生的事件及對話，我們可以看見作者賦予她幽默與機智的智慧。

　　代表男性形象的狐狸，也有別以往，他外表凶惡，但也不至於良知全泯，在文本中提到「小珠一路哭得好傷心，哭得狐狸都覺得對她有些過意不去。」狐狸將小珠拖進廚房時，嘆了口氣對她說：「很抱歉！我不得不拿妳來填飽肚子。妳不要介意啊！」這樣的對話不只趣味，也賦予大壞蛋狐狸更「人性化」的性格。最後狐狸被奇奇骨變成老鼠一般小時，嚇得一溜煙鑽進老鼠洞去，那股威風凜凜的氣勢，煞時間就消失了。

　　在文本中，我們可以看到同情、勇氣、害怕這些人性特質，不管是豬女孩小珠或狐狸的身上都同時具備，與性別無關了。（紀采婷）

# 黑兔和白兔

| 文本論及議題 | 性別平等教育主要內容項目 |
|:---:|:---:|
| | 兩性的成長與發展 |
| | 兩性的關係與互動 |
| V | 性別角色的學習與突破 |
| V | 多元文化社會中的兩性平等 |
| | 兩性權益相關議題 |

作　　者：Garth Williams
插　　畫：Garth Williams
譯　　者：林真美
出 版 社：遠流出版事業股份
　　　　　有限公司
出版日期：1996 年 7 月
定　　價：250 元

　　我們周圍常有許多「愛的故事」，發生在男女之間、師生之間或種族之間，這些愛，維繫著人與人親密的關係，進而成為凝聚社會的力量，但這份情感不能只放在心裡，唯有勇敢表達，真誠的陳述，才能維持得既和諧又長久。如何勇敢的表達、真誠的陳述呢？《黑兔和白兔》的故事，正要告訴我們答案。

　　黑兔和白兔住在很大的森林裡，每天早上一起床，就快樂玩在一起。牠們輪流在草地玩跳馬、玩躲貓貓，玩累就一同找栗子，但是，每次停下來的時候，黑兔都是坐著不動，露出一臉的憂傷。白兔問牠：「怎麼了？」牠都只是回答：「嗯……我正在想一件事。」問過牠幾次之後，黑兔終於說：「我許願，希望我能夠永遠、永遠、永遠跟你在一起。」……

　　黑兔和白兔可以代表二個個人，也可以是二個不同膚色的種族，他們生活在同一塊豐饒的土地上，歡歡樂樂的玩在一起，彼此有一些微妙互動，維持著友好的關係。然而，如果黑兔坐著不動，滿臉露出憂傷時，白兔無法體諒，甚至於誤解黑兔，這分和諧就會被破壞了。人與人之間不也如此，尤其不同種族的人，因為文化、民族性和生活習慣互異，誤會更容易發生；小則出現零星口角，大則造成流血衝突。然而在故事中，白兔的尊重與體諒，黑兔的勇氣與溝通，即使是吞吞吐吐的，仍然化解了彼此的疑慮。最後，在森林同伴的祝福下，牠們結婚了，猶如逐漸產生裂痕的關係，慢慢得到縫合，象徵著不同種族平和的相處。

　　其實，生活中的事事，都是如此，若能開誠布公，很多不必要的誤會，也就能大事化小，小事化無了。這一個故事正給了我們這樣的啟示。（蔡正雄）

# 喬治與瑪莎
# 趣味好多噸

| 文本論及議題 | 性別平等教育主要內容項目 |
|:---:|:---:|
| ∨ | 兩性的成長與發展 |
| ∨ | 兩性的關係與互動 |
| ∨ | 性別角色的學習與突破 |
| | 多元文化社會中的兩性平等 |
| | 兩性權益相關議題 |

作　　者：James Marshall
插　　畫：James Marshall
譯　　者：楊茂秀
出 版 社：遠流出版事業股份
　　　　　有限公司
出版日期：1996 年 9 月
定　　價：220 元

　　這是《喬治與瑪莎》系列第五本。一本小書中共有五則故事，都是發生在喬治與瑪莎兩個好朋友之間的趣事。〈誤解〉篇中瑪莎突然來找喬治，但是喬治因為練習倒立而無法陪她，瑪莎氣呼呼的走了。過了一個下午，喬治以為她還在生氣，但是瑪莎因為沉浸在吹奏薩克斯風的樂趣中，早就忘了之前的氣憤。〈甜牙齒〉篇裡的喬治喜歡吃甜食，瑪莎為了他的身體健康，屢次制止，卻都無效，最後她抽起雪茄威脅喬治，逼得他只好承諾不再吃甜食。在〈相片〉篇，瑪莎走進照相館，照了一張她的大頭照，她覺得美極了。〈催眠者〉篇則是敘述喬治將瑪莎催眠之後，偷偷走向放餅乾的地方，卻被瑪莎發現了，才知道原來他失敗了。〈禮物〉篇的瑪莎買了一本書當喬治的生日禮物，卻在路上不慎遺失了，她決定把自己的那張大頭照送給喬治，喬治笑倒在地，且說：「有朋友曉得怎麼樣逗你笑，真棒！」

　　這是以兩隻擬人化的河馬──喬治與瑪莎為主角的故事。這一對好朋友，外表相似、性格相近，最大的區分就是性別不同。女河馬瑪莎以頭上的一朵花和穿著蓬蓬裙來代表她的女性身份，與男喬治區別，兩「人」的外貌符合傳統對性別角色的期待。然而，兩「人」的相處模式卻非傳統的男尊女卑，而是彼此平等對待，沒有孰強孰弱的問題。女性可以是主動付出的，如瑪莎主動去找喬治，要他陪她；男性也可以是低聲下氣的，如喬治向瑪莎賠罪，擔心她會一直生他的氣。兩「人」的相處是真心的，如在〈甜牙齒〉中，喬治最後會改掉愛吃甜食的壞習慣，就是為了瑪莎；兩「人」之間的相處模式也是輕鬆的，如喬治可以拿瑪莎不夠美貌的照片當作一個笑話，瑪莎也是不以為意。整本書洋溢著輕鬆、趣味又溫馨的氣氛。(胡怡君)

# 喬治與瑪莎
# 轉、轉、轉

| 文本論及議題 | 性別平等教育主要內容項目 |
|:---:|:---:|
| V | 兩性的成長與發展 |
| V | 兩性的關係與互動 |
| V | 性別角色的學習與突破 |
|  | 多元文化社會中的兩性平等 |
|  | 兩性權益相關議題 |

作　　者：James Marshall
插　　畫：James Marshall
譯　　者：楊茂秀
出 版 社：遠流出版事業股份
　　　　　有限公司
出版日期：1996 年 9 月
定　　價：220 元

　　《轉‧轉‧轉》——由五則短篇小故事所組成，敘述
發生在兩個好朋友：喬治與瑪莎之間的生活瑣事。一反
讀者所熟悉的動物形象，作者詹姆斯‧馬歇爾選擇以河
馬為筆下主角，或許就有跳脫刻板印象的企圖。封面上
喬治與瑪莎五個字映入眼簾時，不免誤導讀者想入非
非，以為作者將把焦點放在兩性的關係上，然而隨著一
篇篇的故事讀下來，只見一個個有趣的生活片段，交流
在喬治與瑪莎之間的是純粹的友情，無關乎男女情愛。

　　書名《轉‧轉‧轉》為喬治與瑪莎的故事下了最佳的
註腳。瑪莎收到喬治送的生日禮物——咕咕鐘，雖然困
擾卻又難以啟齒，最後怎麼讓咕咕鐘皆大歡喜地回到喬
治手中？喬治邀請瑪莎來趟出海旅行度假，但是差強人
意的竹筏、天氣和午餐考驗著瑪莎的想像力，在反覆被
喬治要求：運用你的想像力之後，瑪莎如何用豐富的想
像力嚇得喬治跌入水中呢？瑪莎滔滔不絕的批評，氣走
了正在畫油畫的喬治，當喬治回頭見到自己被瑪莎修改
後的油畫後，忍不住脫口而出更殘酷的批評，瑪莎怎麼
應對？暴風雨之夜的閣樓探險，瑪莎說了什麼樣的故事
嚇壞喬治卻也嚇著自己？瑪莎從夏末的那個早晨開始生
氣，因為喬治的一個惡作劇，努力氣了一天，最後還是
忍不住跟喬治說話，喬治高興極了，但他又怎料到當夏
天再度來臨時，瑪莎已做好了惡作劇的準備……。發生
在喬治與瑪莎之間的事就如此一來一往地輪轉著，而賴
以牽繫平衡的就是誠摯不矯作的友情。

　　從喬治與瑪莎身上，詹姆斯‧馬歇爾呈現直接而單純
的友情，將讀者拉回原點思考人與人之間的關係。真心
相待，跳脫性別框架，或許才是真的平等。(張瑞玲)

# 超人爸爸

| 文本論及議題 | 性別平等教育主要內容項目 |
| :---: | :---: |
|  | 兩性的成長與發展 |
|  | 兩性的關係與互動 |
| ∨ | 性別角色的學習與突破 |
| ∨ | 多元文化社會中的兩性平等 |
| ∨ | 兩性權益相關議題 |

作　　者：管家琪
插　　畫：沈麗香
出 版 社：臺灣省政府教育廳
　　　　　兒童讀物出版部
出版日期：1996 年 10 月
定　　價：100 元

　　什麼樣的媽媽，才有資格稱為「超人媽媽」？什麼樣的爸爸可以被稱為「超人爸爸」？這本有意思的《超人爸爸》就是要提供讀者一個關於「爸爸」和「媽媽」兩個名詞的定義及分工的思考空間。

　　故事中的章魚媽媽是「超人媽媽」的當選者。不管任何時候，章魚媽媽的八隻手都是忙碌的——陪河馬先生談話時，她可以一邊煮咖啡、一邊剪報、再加上整理資料，她還可以同時縫衣服、燙衣服、摺衣服；而尋找資料的工作，則必須等到打點三個孩子和章魚爸爸上床以後進行，如圖所示，章魚媽媽總是忙個不停。「超人爸爸」的入選者呢？「許多人都認為『海馬』最有資格當『超人爸爸』，因為一般動物都是由『媽媽』負責孵育小寶寶的工作，只有海馬是『爸爸』來負責孵育，實在是太厲害了。」所反映出的，是多數人對男女家庭分工的觀點——對於生育這件事情，人們多將它視為女人責無旁貸的工作，因此，在生育、養育之外，可以兼顧其他更多家庭工作的，才足以稱為「超人級的媽媽」。反觀對男性的要求，海馬爸爸不過具備「生」的能力，便被許多人認為是「超人爸爸」，海馬爸爸也以此自滿，即使他並不願意、也不高興生小寶寶。

　　如果海馬爸爸順利當選，那本書不過是教導讀者一則生物知識——由公海馬負責生孩子。然而作者所做的不僅於此，他安排了另一個得獎者「企鵝爸爸」。公企鵝在母企鵝下蛋之後，就接下孵蛋的工作，在雪地上不吃、不動達六十天之久，直到小企鵝孵化，之後，繼續拖著疲憊的身子去尋找食物，哺育剛出生的企鵝。傳統觀念以為「生」既是由女人完成，則「養」當然也是女人的職責。作者藉由海馬和企鵝兩種動物天性的巧妙安排，糾正讀者的「偏見」——「生」和「養」，絕不是女人的天職；也點明為人父母者於「生」之外，所付出「養」的功夫，其實更加可貴。

　　故事最後，是「超人爸爸」的頒獎典禮，然而主角企鵝爸爸卻缺席了——為什麼呢？你猜。(賴素秋)

# 雪　女

| 文本論及議題 | 性別平等教育主要內容項目 |
| --- | --- |
| | 兩性的成長與發展 |
| | 兩性的關係與互動 |
| | 性別角色的學習與突破 |
| | 多元文化社會中的兩性平等 |
| | 兩性權益相關議題 |

作　　者：今江祥智
插　　畫：赤羽末吉
譯　　者：張玲玲
出 版 社：格林文化事業股份
　　　　　有限公司
出版日期：1996 年 11 月

　　過去的社會，固然事事保守，然而男性若胡爲，也無人過問，即使受到指責，也只是形式而已；反觀女性若有差池，庸說爲愛私奔，就算僅於牽手，都會受千夫所指，甚至被凌辱至死。與那樣的時代相較，《雪女》丟掉這些傳統女性的包袱，內容顯得挑動，極度突顯女性的主體形象。

　　這個故事裡有許多雪女，個個像晶瑩剔透的冰柱，非常的漂亮，男人們都想娶她們爲妻。假如有人不知不覺說出：「嫁給我吧！」那天晚上，他的家裡就會有敲門聲。男人問：「是誰在敲門？」敲門者回答：「我就是你白天見到的雪女郎。我來嫁給你做新娘。」然而嫁到村裡的雪女愈來愈多，但卻全部失蹤了。原來是她們的丈夫不知雪女怕水，強迫她們洗澡，使雪女們融化了。其他個性剛烈未嫁的雪女，爲了報復決定把不知體諒的男人們都凍成冰棍，以致村裡的男人愈來愈少，引起村裡姑娘們的氣憤，舉著火把攻進雪女住的山頭。

　　這是一個顛覆性別刻板印象的作品。故事中的雪女爲了追求自己的幸福，拋棄社會加諸女性的枷鎖，主動追求心愛的男性，進入婚姻生活。雖然仍擔任洗衣燒飯的角色，卻是一個積極的形象。村裡的姑娘亦然，眼見男人日漸減少，便憤而放火打擊雪女，不也是捍衛自己權利的表現。過去兩性的互動，不外是男性扮演主動的角色，對於心怡的女性，極盡一切手段追求，而且被視爲理所當然；後者則處於被選擇的位置，猶如架上的物品一般，只能任男性品頭論足。一旦失去寵愛，即被棄之如敝屣，十分卑微。雪女的故事跨越了傳統男追女，女追男的界線，突顯女性的存在價值，尤其在女性主義抬頭的時代，爲男女的角色重新做了界定，也爲兩性平權做了新的詮釋。（蔡正雄）

# 穿過隧道

| 文本論及議題 | 性別平等教育主要內容項目 |
|:---:|:---:|
| ∨ | 兩性的成長與發展 |
| ∨ | 兩性的關係與互動 |
| | 性別角色的學習與突破 |
| | 多元文化社會中的兩性平等 |
| | 兩性權益相關議題 |

作　　者：Anthony Browne
插　　畫：Anthony Browne
譯　　者：陳瑞炫
出 版 社：遠流出版事業股份
　　　　　有限公司
出版日期：1997 年 8 月
定　　價：220 元

　　有這麼一對小兄妹，無論是相貌或個性都不一樣，連閒暇時從事的娛樂都不相同，頑皮的哥哥總愛趁半夜睡覺時，嚇唬怕黑的妹妹，兩個人只要一見面就吵個不停。終於有一天媽媽受不了了，要他們倆出去和平解決後再回家吃中飯，兄妹倆於是出了門，調皮的哥哥發現了一條隧道，冒險爬了進去，害怕的妹妹在外頭等了又等，卻一直等不到哥哥，只好也跟著爬進去，通過長長的，又暗、又溼、又滑的隧道，眼前一片嚇人的森林，但妹妹想到哥哥，還是鼓起勇氣向前奔去。沒想到她找到的哥哥已經變成一動也不動的石頭，妹妹衝過去抱住石頭痛哭。慢慢地，冷硬的石頭變軟且有了溫度，哥哥終於出現了。

　　作者安東尼‧布朗透過生動的圖畫，將妹妹在穿越隧道與奔過樹林時的恐懼心情表露無遺，妹妹豐富的面部表情，則表達了不同的情緒，尤其在最後一幕面對著背對讀者的哥哥，那微笑像是和哥哥共同擁有了一個祕密，也像是對自己救回了哥哥而感到驕傲。

　　我們的心目中，有太多理所當然的事情，比方說，男孩是調皮搗蛋、愛玩、愛嚇唬人的，女孩則是安靜、柔弱、膽小的。同樣地，不同的性格也造成他們對事物的不同看法，因此男孩喜愛戶外活動、愛冒險，而女孩則應該喜歡從事靜態如閱讀的活動，就兄妹之間的關係而言，哥哥保護妹妹更是天經地義的事。在本書中，起初塑造的哥哥與妹妹的形象，的確符合一般人的印象，妹妹膽小又怕黑，哥哥則充滿冒險犯難的精神，當兩人有了衝突時，讀者或許會對接下來發生的事產生期待，期待著一件意外，讓代表強者的哥哥出面營救弱者的妹妹，最終兩人獲得和解。出人意料的是，這則故事的英雄不是哥哥，而是用愛與溫暖給予自己勇氣，救回哥哥的妹妹，扭轉了一般對於女性較弱的性別刻板印象，也創新了以往讓男性成為保護者的結局。(凌夙慧)

# 小恩的祕密花園

| 文本論及議題 | 性別平等教育主要內容項目 |
|:---:|:---:|
| | 兩性的成長與發展 |
| | 兩性的關係與互動 |
| ∨ | 性別角色的學習與突破 |
| | 多元文化社會中的兩性平等 |
| | 兩性權益相關議題 |

作　　者：Sarah Stewart
插　　畫：David Small
譯　　者：郭恩惠
出 版 社：格林文化事業股份
　　　　　有限公司
出版日期：1998 年 6 月
定　　價：250 元

　　情感豐富的小女孩——小恩，因為家中不算好的經濟狀況，必須暫時住到舅舅家中。舅舅在城市裡開了一家小麵包店，大鼻子、黑鬍鬚，加上不笑的臉，給人嚴肅的感覺，但小恩不在意，她只在意舅舅的麵包店，是否有能讓她種花的地方？小恩終於找到一個祕密基地，就在麵包店的樓頂，她在那兒用爸爸、媽媽和奶奶寄來的花種子和小樹苗，種植了一片美麗的空中花園。小恩這麼做，除了自己喜歡種花之外，最重要的是想讓舅舅展現難得一見的笑容。

　　本故事是以小恩寄給舅舅及家人的書信方式呈現，由小恩自敘的內容，我們可以感受到小恩樂觀開朗的性格。她以堅強獨立的姿態，離開父母隻身來到陌生的城市，同時也不畏懼沒有笑容的舅舅，並與麵包店的店員成為朋友，小恩表現了極佳的環境適應力與親和力，有別於一般孩子對於離家的恐懼和與陌生人相處的不安。

　　小恩不是個以自我為中心的小女孩，在城市的麵包店裡，她除了繼續種植喜愛的花草外，也努力地學習揉麵包，並教歐提認識花卉的拉丁文，還寫詩送給舅舅。她將花臺種滿花草，彷彿想將她的好心情分享給周遭所有人；她寫信給家人，並在最後附上「愛你們的小恩」；她接收家人的愛，也向別人傳達她的情感。小恩勇於表露自我，並試著協助他人顯露情感，所以她自覺最重要的任務就是——讓舅舅笑。

　　小恩遇到挫折從不放棄，保持著樂觀的態度，就像她的信念：即使現在舅舅不笑，但只要看到小恩的祕密花園，舅舅一定會展開笑顏。而最後該回家時，小恩甚至充滿活力地，想快回去幫奶奶整理花園，因為她說：

　　「園丁是不休息的嘛。」小恩樂觀開朗的性格，正悄悄影響周遭每一個人的生活。（黃惠婷）

# 爸爸，你愛我嗎？

| 文本論及議題 | 性別平等教育主要內容項目 |
| --- | --- |
| | 兩性的成長與發展 |
| V | 兩性的關係與互動 |
| V | 性別角色的學習與突破 |
| | 多元文化社會中的兩性平等 |
| | 兩性權益相關議題 |

作　　者：Stephen Michael King

插　　畫：Stephen Michael King

譯　　者：余治瑩

出 版 社：三之三文化事業股份有限公司

出版日期：1998 年 7 月

定　　價：280 元

　　回想一下，你曾經告訴爸爸你有多愛他嗎？爸爸又是如何表現他對你的愛？「把愛說出口」似乎是一件困難的事。史蒂芬・麥可・金的繪本《爸爸，你愛我嗎？》要告訴我們一個有別於一般父親的故事。

　　一個很愛盒子的男人，也很愛他的兒子，但是，正如同許多爸爸的困擾，他不知道要如何對兒子表達他的愛，於是他想到一個特別的辦法：用他喜愛的盒子作了很多好玩的東西，送給他所深愛的兒子，包括城堡、飛機、還有許多好玩的東西，即使被鄰人指指點點甚至嘲笑，他都不在乎，因爲這就是他對兒子說「我愛你」的方式。

　　本書試圖打破過去刻板印象中的父親形象。故事裡的爸爸不嚴厲，他做玩具給兒子，陪孩子放風箏；他也不是一個忙於工作的爸爸，故事中沒有提到他的職業，也沒有談到加班或應酬；他非常關心他的兒子，當兒子的朋友來家裡玩，他的盒子成爲孩子們的玩具，而作者巧妙地將他安排在圖畫中的一角，默默陪伴著孩子；最重要的是，他很積極地想表達他的愛。同時，從這個爸爸身上，我們看到男性害羞的一面，不好意思以言語表達內心的情感，而把對兒子的愛化爲巧思，利用四四方方的盒子做成不同造型的玩具，送給兒子；他也是個充滿愛心的男人，爲了照顧小鳥，將盒子做成鳥屋和飼料盒放在院子裡；害羞、巧思、愛心，這些曾經被認爲是較女性化的特質，在他身上自然地呈現，我們看到的並不是一個沒有「男人味」的父親，而是一個充滿愛與關懷的好爸爸。

　　或許，故事中的爸爸就是本書作者史蒂芬・麥可・金的化身吧？從小喜歡畫畫的史蒂芬，在九歲那一年聾了，長大後曾在兒童圖書館工作，他不需開口，僅以他的畫來代替語言，就像故事中的爸爸以盒子表達心中的愛。(陳瀅如)

# 大姊姊和小妹妹

| 文本論及議題 | 性別平等教育主要內容項目 |
|:---:|:---:|
| ∨ | 兩性的成長與發展 |
| ∨ | 兩性的關係與互動 |
|  | 性別角色的學習與突破 |
|  | 多元文化社會中的兩性平等 |
|  | 兩性權益相關議題 |

作　　　者：Charlotte Zolotow
插　　　畫：Martha Alexander
譯　　　者：陳質采
出　版　社：遠流出版事業股份
　　　　　　有限公司
出版日期：1998 年 8 月
定　　　價：260 元

　　《大姊姊和小妹妹》的作者夏洛特‧佐羅托，是美國一位多產的童書作家，作品超過 70 冊，擅長書寫兒童世界的生活經驗。她相信：童書承載成人與孩子間共通的真理與情感，不同的孩子可以因著自身的經驗，從內心產生原發性的動力，使故事的主題和形式得以無限延伸，而衍生無限的可能性。

　　這是一本大姊姊和小妹妹相親相愛的故事。大姊姊時時刻刻照顧著小妹妹，她們一起遊戲、一起上學。大姊姊似乎無所不能，替小妹妹做好每一件事，無論是生活細節的協助還是心理情緒的安慰，總之，她把小妹妹照顧得無微不至。但是有一天，小妹妹厭倦了大姊姊的嘮叨，想獨自靜一靜，於是趁大姊姊不注意時偷偷溜走了。然後，她躲在草叢中。大姊姊著急得到處尋找小妹妹，後來在小妹妹躲藏的草叢邊難過得哭了，一個人孤伶伶的，沒有人安慰。小妹妹這時站出來，照著大姊姊平常的方式安慰她。從那天起，大姊姊和小妹妹就互相照顧，因為小妹妹也學會照顧人了。

　　故事中可以看到強弱權力關係的控制與被控制。大姊姊沒有做不到的事，她也從來不哭。在照顧妹妹的時候，她非常強勢，希望一切都可以照著她的意思做，一切都可以在她的掌握中，而小妹妹似乎無法有所違背，於是才有逃走的念頭。這一點可以推衍到其他層面的思考，如親子關係、朋友關係，甚至是兩性相處之道，因為在他人的期待與自己的需要之間取得一個平衡，往往是不容易的事。

　　本書能讓我們看到人的多面性並學習接納。每個人都有想要照顧人的時候，也有想要被照顧的時候。當我們學習愛人的時候，也同時要學習尊重他人的想法和感受。故事的最後，大姊姊和小妹妹重新調整了彼此的關係，得到一種平衡的和諧，讓人體會到「愛與被愛」在各種人際關係中，著實是相當值得學習與反思的課題。（王韻明）

# 我的媽媽真麻煩

| 文本論及議題 | 性別平等教育主要內容項目 |
| --- | --- |
|  | 兩性的成長與發展 |
|  | 兩性的關係與互動 |
| ∨ | 性別角色的學習與突破 |
|  | 多元文化社會中的兩性平等 |
|  | 兩性權益相關議題 |

作　　者：Babette Cole
插　　畫：Babette Cole
譯　　者：陳質采
出 版 社：遠流出版事業股份
　　　　　有限公司
出版日期：1998 年 9 月
定　　價：250 元

　　「我」的媽媽真麻煩，和別人都不一樣。她戴著的帽子上面有蛇和老鼠；每天都用她的掃把飛上天送我上學；還會把人家的爸媽變青蛙；把愛喝酒的爸爸關在瓶子裡；做了嚇死人的蟾蜍蛋糕請大家吃。「我」的媽媽真麻煩，但是同學都覺得她酷斃了。「我」的家住在由蝙蝠看守的陰森城堡，同學來我家玩，和我的巫婆外婆和媽媽打招呼之後，又看到我們家的寵物——禿鷹、恐龍、蜘蛛，他們都覺得好有趣。「我」的家庭和別人不一樣，大家覺得好新奇，都玩瘋了。

　　可是，同學的父母不喜歡我們家，他們也不准他們的小孩再來我們家，「我」的媽媽很傷心。有一天，學校失火了，當大家都驚慌失措的時候，媽媽騎著掃把帶著烏雲施展魔法來救火，一下子就把火撲滅了。救了學校的媽媽變成了大英雄，大家都很感謝她，「我」家也成了熱門遊樂場，大家都好開心。

　　傳統的童話中，巫婆都是壞心、邪惡的形象，且大都是由後母扮演成的負面角色。這裡的媽媽是巫婆，有巫婆典型的外在形象——尖鼻子、高帽子和黑鞋子，會煉藥，有巫術，一旁也都有黑貓和蝙蝠等代表黑暗的動物。但是她一點都不可怕，反而是很親切的對待旁人，即使是不小心把其他人變成了青蛙，也是出於滑稽、有趣的心態，沒有邪惡的動機或目的。更重要的是，巫婆媽媽和平常人一樣，也渴望獲得認同，這裡的巫婆媽媽具有可愛的人性。

　　另一方面，巫婆媽媽是一家之主，爸爸酗酒，就把他關禁閉，讓他反省悔改之後才能出來；巫婆媽媽也是拯救局勢的英雄，救火立了大功勞。女性具有掌控的能力，是主宰時勢的決定者。把女性從消極接受，默默承受的命運中解放，成為可以呼風喚雨、主動改變命運的女中豪傑，是本書成功之處。（胡怡君）

# 威廉的洋娃娃

| 文本論及議題 | 性別平等教育主要內容項目 |
|:---:|:---:|
| ∨ | 兩性的成長與發展 |
|  | 兩性的關係與互動 |
| ∨ | 性別角色的學習與突破 |
|  | 多元文化社會中的兩性平等 |
|  | 兩性權益相關議題 |

作　　者：Charlotte Zolotow
插　　畫：William Pène du Bois
譯　　者：楊清芬
出 版 社：遠流出版事業股份有限公司
出版日期：1998 年 9 月
定　　價：260 元

　　小男孩威廉想要一個洋娃娃，卻惹來哥哥和鄰居的嘲諷。爸爸給威廉籃球、電動火車做為禮物，但是他心裡最想要的還是洋娃娃。

　　你若是威廉的哥哥，你會取笑喜歡娃娃的弟弟嗎？如果你是威廉的爸爸，你會為他買個洋娃娃嗎？

　　一般人能接受女孩子玩洋娃娃，扮演娃娃的媽媽，為什麼卻難以平常心看待男孩說：「我要一個娃娃，我想做娃娃的爸爸」呢？

　　事實上，以兒童發展心理學來看，孩子們經由辦家家酒遊戲中的角色扮演，學習怎樣做父母。這樣的模擬遊戲其實是種學習，讓孩子為日後的社會化做預備。但是大多數的父母仍受限於傳統性別印象，擔心女兒過於「男性化」，又怕兒子太「女性化」。父母親憂慮孩子的「異常」行為表現，深恐影響其人格發展，卻往往因此忽略孩子的情感需求，讓他們在有所「限制」的生活中，成了一個不快樂的人。

　　過去的家庭教育，教導孩子男女有別，例如：女孩哭的時候，身旁的人多能予以包容；卻對男孩要求有淚不輕彈。直至今日，大多數的人仍受性別刻板觀念所限制，無法真正落實性別平等教育，尊重性別角色的多元性。

　　性別平等觀念要從小建立，性別平等教育需要在生活中實踐。

　　圖畫書《威廉的洋娃娃》講述的是孩子日常生活中可能遭遇的故事，平實而溫馨的內容，卻給人深刻的反省。本書企圖打破性別刻板印象，幫助孩子在建構自我性別認同的過程中，避免受限於傳統刻板的性別角色，並且學會尊重他人的興趣和喜好，是一本教導兒童認識愛與平等的好書，值得推薦。（張淑惠）

# 媽媽的紅沙發

| 文本論及議題 | 性別平等教育主要內容項目 |
| :---: | :---: |
|  | 兩性的成長與發展 |
|  | 兩性的關係與互動 |
| ∨ | 性別角色的學習與突破 |
|  | 多元文化社會中的兩性平等 |
| ∨ | 兩性權益相關議題 |

作　　者：Vera B.Williams
插　　畫：Vera B.Williams
譯　　者：柯倩華
出 版 社：三之三文化事業股
　　　　　份有限公司
出版日期：1998 年 9 月
定　　價：280 元

　　一個單親家庭，經歷一場大火之後，經由祖孫母女三人合力再重新建立自己的家，這就是《媽媽的紅沙發》的故事。

　　單親家庭在現代社會中已經愈來愈多，單身的家長一方面要工作，一方面又要負起養育子女的責任，不管是對男性或女性而言，獨立支撐一個家庭都不是件簡單的事。

　　故事中的小女孩既體貼又懂事，不但懂得體諒媽媽的辛苦，在放學之後還會主動到媽媽工作的餐館幫忙。我們從小女孩童稚的第一人稱敘述中看到單親媽媽的辛苦，有時還沒數完零錢，媽媽就累得睡著了。因此，小女孩最希望的就是買一張舒服的大沙發，讓媽媽能夠在沙發上休息。外婆也是這個家庭的一分子，她省下買菜的零錢，同樣放進大瓶子裡存起來，一起為買沙發的錢而努力。故事中也敘述了失火的經過，雖然沒有人員傷亡，但是所有的財物均付之一炬，這時，鄰居與親友的善心和熱情讓人感動，有人提供食物，有人捐出舊家具和舊廚具，充分展現出人情的溫暖。最後，小女孩一家人如願以償地存夠了錢，終於買到一張夢想中的沙發。

　　在故事中，沙發是家庭重建的象徵，坐在沙發上那種溫暖、舒適、放鬆的感覺，就像回到原本的家一樣，因此，不論是媽媽、小女孩或是外婆，莫不為了買張沙發的目標而努力。由小女孩的觀點來說故事，更能讓讀者感受到媽媽與女兒間相依為命的情感。

　　堅毅辛勞的媽媽及體貼孝順的小女孩，對於女性的形象有新的刻畫，即使沒有男人，女性還是能夠堅強獨立地度過難關。同時，這個故事對於單親家庭有深刻地描述，不只是將單親家庭視為社會問題的亂源。故事裡自食其力的家庭，不但沒有造成社會的負擔，而且充滿了溫馨體貼的感情，誰說單親的孩子容易變壞呢？

　　（陳瀅如）

# 潔西卡和大野狼

| 文本論及議題 | 性別平等教育主要內容項目 |
|:---:|:---:|
| ∨ | 兩性的成長與發展 |
| | 兩性的關係與互動 |
| | 性別角色的學習與突破 |
| | 多元文化社會中的兩性平等 |
| | 兩性權益相關議題 |

作　　者：Ted Lobby
插　　畫：Tennessee Dixon
譯　　者：黃嘉慈
出 版 社：遠流出版事業股份
　　　　　有限公司
出版日期：1998 年 9 月
定　　價：220 元

　　沒有人不曾做過惡夢，那令人毛骨悚然，夜不成眠的感覺是很難受的，尤其對孩子而言。當孩子在夜裡做惡夢而尖叫時，我們都有一套方法安慰他，不管是親一親、抱一抱、陪一陪他們；或唱唱兒歌、說說故事；或者給他們吃點東西，舒緩緊張的情緒。但如果這些方法都無法讓孩子忘記可怕的惡夢呢？

　　這本書是敘述一個持續夢見大野狼的小女孩，如何在父母的協助、朋友泰迪熊的支持下，逐漸發現自己的勇氣和力量，而得以個人的「魔法」趕走大野狼。潔西卡夢見一隻大野狼在追趕她，而且愈來愈靠近，直到她從夢中驚醒過來；而爸爸和媽媽也來到她的房間。他們坐在潔西卡的床邊，一同安慰她，並且一起想辦法，他們要女兒把夢說出來，引導她尋找可以幫助她的朋友或東西，包括了泰迪熊、魔杖和咒語等，最後終於克服恐懼，擺脫了惡夢的糾纏。

　　這對父母的方法頗值得一般父母借鏡。他們首先鼓勵孩子說出他心中害怕的事，在信任和尊重孩子的氣氛中，一起面對惡夢的威脅，不僅減少孩子心中的恐懼，讓壓力獲得舒緩，也給予親情無條件的支持。有助於在孩子遭遇挫折時，能靜下心來思考解決問題的方式。潔西卡的父母先是同理潔西卡的感受，再引導潔西卡，想出驅走大野狼的方法，而且是自己可以做得到的方法。潔西卡想到用魔法，用魔法得有一支魔杖，有了魔杖後得說出咒語……如果魔法失效，可以抱住最心愛的泰迪熊，讓自己勇敢起來。潔西卡就在父母的支持下，發揮了自己內在充沛的力量，讓大野狼消失得無影無蹤。

　　潔西卡的父母把惡夢轉變成孩子學習的機會，且不因潔西卡是女孩就只是提供保護或允許她的膽小，反而讓她學會藉由他人的助力，幫助自己；也學會了自我信任，為自己的能力感到驕傲。這對在建構自我性別認同的孩子，具有積極和正面的影響，誰說女孩不能獨自對付可怕的大野狼呢？（蔡正雄）

# 花婆婆

| 文本論及議題 | 性別平等教育主要內容項目 |
|:---:|:---:|
| ∨ | 兩性的成長與發展 |
|  | 兩性的關係與互動 |
| ∨ | 性別角色的學習與突破 |
|  | 多元文化社會中的兩性平等 |
|  | 兩性權益相關議題 |

作　　　者：Barbara Cooney
插　　　畫：Barbara Cooney
譯　　　者：方素珍
出　版　社：三之三文化事業股
　　　　　　份有限公司
出版日期：1998 年 10 月
定　　　價：280 元

　　《花婆婆》是個溫馨又美麗的故事。秉持著和爺爺約定的三個承諾，艾莉絲希望長大後能夠到很遠很遠的地方旅行，住在海邊，和做一件讓世界變得更美麗的事情。

　　每個人都可以擁有夢想，可是要真的實踐夢想就不容易了。本書中，所突顯出的女性特質，就是艾莉絲擁有對自己生命負責的能力。她突破傳統女性必須依附在男性羽翼下才能生存的刻板形象，盡力扮演好生命中的每個角色，當她是孩子的時候，上學、放學和做功課，是她全心投入的事。當她在圖書館工作的時候，她會幫大家找到想看的書，並盡心地清理書上的灰塵。當她旅遊的時候，她是個充滿活力的旅者，踏上熱帶島嶼，登上高大的雪山，穿越叢林，橫走沙漠，實踐了她的第一個夢想，也交到許多的好朋友。

　　當在海邊定居下來的第二個夢想實現時，她積極想著要如何完成「做一件讓世界變得更美麗的事情」。最後她發現了美麗的魯冰花，希望所有的人都能一起欣賞，於是訂購了許多魯冰花的種子，開始在鄉鎮的空地上，公路和學校附近，教堂後面，甚至山坡上，灑下花的種子，一直到現在艾莉絲變成白髮斑斑的老婆婆了，她還是一直在種花。

　　作者以清淡自然的手法描寫出女性獨立的特質，我們看到艾莉絲變成盧小姐再變成花婆婆，秉持著當初單純的信念，期待自己能一步一步達成夢想，字裡行間中雖然沒有看到她得到任何人的幫助，我想並非作者刻意忽略，而是相信，女性真的可以靠著自己完成夢想。

　　花婆婆用自己的心力，舞動自己的生命，創造個人的價值，無論是作者自覺或不自覺的想要賦予主角突破傳統刻板形象，她想告訴我們的是，這個故事的主角，可以是花婆婆，也可以是你。（林詩屏）

# 六個男人

| 文本論及議題 | 性別平等教育主要內容項目 |
|:---:|:---:|
| | 兩性的成長與發展 |
| | 兩性的關係與互動 |
| ∨ | 性別角色的學習與突破 |
| | 多元文化社會中的兩性平等 |
| | 兩性權益相關議題 |

作　　者：David MacKee
插　　畫：David MacKee
譯　　者：林真美
出 版 社：遠流出版事業股份
　　　　　有限公司
出版日期：1999 年 2 月
定　　價：220 元

　　曾經有六個男人走遍世界各地，只想找一個可以平安工作、生活的地方。當他們終於找到一塊絕佳的好地方，接著變得富有之後，卻因為擔心會有小偷來搶他們的財富，便雇用了六個軍人來保護他們的財產，甚至還派六個軍人去占領別人的農場。這六個男人變得愈來愈有錢，領土也到達了河邊，因此就需要更多的軍人，甚至成立了軍隊。有些不想被六個男人統治的農民逃到了河的對岸，也指派一個人站在河邊守衛。一天一隻小鴨飛過河的上方，卻陰錯陽差地引發了一場莫名其妙發生的戰爭，直到戰爭結束之時，活下來的人只剩下河左邊有六個男人、河的右邊也有六個男人。

　　同樣都是生活在黃土之上，艷陽之下的人類，為什麼會有戰爭？為什麼會有血腥、殘暴的種族對立與衝突？有了兩次世界大戰中對種族迫害、暴力充斥的慘痛教訓，為何還是不斷地有戰爭的產生呢？

　　首先，書名定為《六個男人》，明白地告訴讀者這本書想要說的故事主角都是男人，書裡頭沒有女性角色。而故事的主題為「戰爭」，似乎又是作者大衛・麥基的另一種幽默，意指了引發戰爭與身陷戰爭苦果中的，時常都只有男人。

　　作者在故事中，故意安排了引爆河左岸與河右岸衝突的導火線，竟然是一隻無辜飛過的小水鴨，再加上因為日子太平靜了以至於河兩岸的阿兵哥們都太無聊了，所以，當這隻命中注定搗亂的小水鴨飛過時，兩邊的守衛都想射牠卻都落空，更不巧的是，兩隻箭還分別越過河川，射到對岸。兩邊的人都「以為」是敵人前來攻擊，所以導致兩邊的軍隊都全副武裝。此外，作者大衛・麥基用「以為」，那不正表示：其實雙方都以為自己知道真相，其實離事實真相還遠著呢！而且，讓軍人們廝殺吶喊的「為何而戰」常常是一連串的無知與誤解，而且，那個「為何而戰」的漂亮口號通常只會讓人更加地迷惘與困惑。

　　作者嘗試用人性的弱點（占有與慾望）、由於種族之間的距離產生陌生、引發戰爭的目的它本質上的荒謬性來重新建構「戰爭」這件人類歷史演化中羞赧的一頁。（黃千芬）

# 媽媽爸爸
# 不住在一起了

| 文本論及議題 | 性別平等教育主要內容項目 |
|:---:|:---:|
| | 兩性的成長與發展 |
| | 兩性的關係與互動 |
| | 性別角色的學習與突破 |
| ∨ | 多元文化社會中的兩性平等 |
| ∨ | 兩性權益相關議題 |

作　　者：Kathy Stinson
插　　畫：Nancy Lou Reynolds
譯　　者：林真美
出 版 社：遠流出版事業股份
　　　　　有限公司
出版日期：1999 年 2 月
定　　價：200 元

　　對孩子而言，父母的離婚所代表的直接意義，往往就是不再住在一起了。作者凱絲‧史汀生透過小女孩的敘述，將單親小孩的心聲表達出來，全書數十個短句，帶著淡淡憂愁的語調，也微微透露了小女孩面對父母離婚的無奈。從小女孩的描述中看來，她並不因為父母的離婚而失去了任何一方的關愛，甚至可以分別在與媽媽或爸爸相處時得到不同的樂趣，然而，穿插在其中的，卻是她不只一次地表達希望父母住在一起的願望，卻同樣一次次地得到了否定的答案。

　　搭配敘述的插圖，看不到天真活潑的笑顏，即便是笑，也讓人還是在小女孩的眼睛裡看到了無奈。父母的離婚，除了對孩子造成直接的環境改變，對孩子心靈深處的影響，也從小女孩天真的問話和敘述中透露出來，她問媽媽說：「我長大以後，是不是也會結婚，然後離婚？」她會煩惱：「我不知道，聖誕節我們會在哪裡過，但願聖誕老公公知道。」短短幾句話，表達了小女孩對未來的無知與擔憂，而這一切，不是從爸媽任何一方得到的快樂所能彌補的。

　　面對這樣的現實，小孩往往沒有選擇或決定的權力，最終都只有接受一途，小女孩雖然在父母離婚後，並沒有因此失去父母的愛與關懷，卻仍不明白為什麼爸爸、媽媽不在一起了，只能用最簡單的方式告訴自己，也為其他相同處境的孩子找到安慰的解釋：「我愛我的媽媽和爸爸。我的媽媽和爸爸也很愛我。只是，他們不能一塊兒疼我。」小女孩對爸爸媽媽的愛是堅定不移的，她相信爸媽對她也同樣是如此，只是，未能完美的缺憾終究還是梗在其中。

　　本書充分反應了當今社會的現象，離婚率的提高造成愈來愈多的單親家庭，能像書裡的小女孩一樣仍然獲得父母雙方疼愛的孩子，未必能成功地建構自我性別的認同，更何況是因為父母離婚而失去關愛的孩子。作者無意教訓或提供心理輔導，但所呈現的孩子形象，卻不得不讓人省思，在自由的兩性關係之下，是否需要更嚴謹的態度做基礎，以免造成無謂的傷害呢？(凌夙慧)

# 愛花的牛

| 文本論及議題 | 性別平等教育主要內容項目 |
|:---:|:---:|
| | 兩性的成長與發展 |
| | 兩性的關係與互動 |
| ∨ | 性別角色的學習與突破 |
| | 多元文化社會中的兩性平等 |
| | 兩性權益相關議題 |

作　　者：Munro Leaf
插　　畫：Robert Lawson
譯　　者：林真美
出 版 社：遠流出版事業股份
　　　　　有限公司
出版日期：1999 年 2 月
定　　價：240 元

　　《愛花的牛》是美國作家曼羅‧里夫執筆，羅伯特‧
勞森繪製的圖畫書。內容描述一隻性格異於其他同類的
公牛費迪南的故事。

　　這本書在 1930 年西班牙內戰其間，曾被視為禁書，
也曾列於德國納粹焚書書單之一，但其宣揚「反戰、和
平主義」的精神，深受大人的肯定，同時也受到世界各
地兒童的喜愛。除「反戰」和「宣揚和平」，公牛費迪南
的故事顛覆了一般人對性別的刻板印象──雄性動物並
非一定是陽剛、好鬥的性格。

　　故事中的主角費迪南，雖然是一隻身形狀大、體魄強
健的公牛，與一般人對公牛的想像無異，但其特殊的性
情顯然有別於其他好動的同伴，他特別喜歡靜靜地坐在
草堆裡或樹蔭下，聞一整天的花香。雖然費迪南的媽媽
曾經擔心費迪南的特殊性情，會使他受到同伴排擠而孤
單，但是她卻試著了解孩子，讓他去做他想做的事。母
親這樣的作法實在難能可貴，值得給予肯定。

　　事實上，作者在經營故事刻畫角色時，已經預設「打
破性別刻板印象」的想法。因為「費迪南」這個名字實
際上有著「勇敢的，愛冒險的」涵義。然而，故事中的
公牛費迪南，在性格上的呈現卻恰恰相反。這裡產生的
認知衝突，是作者刻意安排的對比設計。作者有意刻畫
公牛這樣一個雄性角色，並且使其外在強健身型與內在
陰柔氣質產生強烈對比，其「顛覆性別刻板印象」與「創
新性別敘事模式」之意圖顯而易見。

　　公牛一定得在鬥牛場上橫衝直撞表現勇猛嗎？

　　不一樣的公牛費迪南，打破一般人對性別所產生的刻
板印象，提供讀者更為開闊的思維角度。《愛花的牛》是
一本值得推荐給大人以及兒童的優良圖畫書。（張淑惠）

# 晚餐前五分鐘

| 文本論及議題 | 性別平等教育主要內容項目 |
|:---:|:---:|
|  | 兩性的成長與發展 |
| Ｖ | 兩性的關係與互動 |
|  | 性別角色的學習與突破 |
| Ｖ | 多元文化社會中的兩性平等 |
|  | 兩性權益相關議題 |

作　　者：Iva Procházková
插　　畫：Václav Pokorný
譯　　者：洪翠娥
出 版 社：晨星出版社
出版日期：1999 年 8 月
定　　價：250 元

擁著小女孩芭貝塔說故事的，不是媽媽，是一直推辭自己沒看過童話，不會說童話故事的爸爸，然而究竟爸爸在晚餐前五分鐘說了什麼樣的故事，讓芭貝塔忍不住要和爸爸一塊完成呢？原來他們要說的就是關於他們家人的故事。

芭貝塔和爸爸一搭一唱，讀者才恍然大悟其實原來爸爸不是芭貝塔的爸爸，真正的爸爸在芭貝塔還沒出生前就消失在茫茫人海裡了。當芭貝塔誕生時，現在的爸爸已經陪伴在芭貝塔身邊，自願要當一個好爸爸，可惜芭貝塔的眼睛看不到。小小年紀的芭貝塔雖然無法用眼睛觀看世界，但是她的心看得到。和媽媽親吻的時候，她知道媽媽的長相，也知道自己每次新髮型的樣子；和爸爸一起送信時，她看見躲在信箱裡的大惡龍，還有大黃蜂、小貓咪、暴風雨的樣子她通通都知道，至少，在她眼睛手術成功之前，他們的模樣都還沒變。後來，芭貝塔終於可以用雙眼看世界，才發現一切都「看」起來不太一樣，但是沒關係，爸爸媽媽的愛和溫暖的家，一直都沒變。

未婚懷孕的女人、失明的小女孩，作者選擇呈現這樣的女性主角，彷彿刻意要構成令人心情沉重的故事，但是作者卻透過爸爸和芭貝塔的嘴輕鬆地述說出來，去除預期的憂傷氛圍。爸爸的誠摯與包容重新建立起媽媽對愛情的信心，帶領她從傷痛裡走出來。失明時的小芭貝塔，眼盲心不盲，在爸爸媽媽的關愛下茁壯，用心感受生活周遭事物，從旁人的敘述和自己的親身體驗，在心裡拼貼出屬於自己的圖像。芭貝塔自信地說：「我看得見！」作者描繪出女性樂觀勇敢、認真積極的一面。晚餐前五分鐘，爸爸講了一家人的故事，一個愛的故事。

（張瑞玲）

# 精采過一生

| 文本論及議題 | 性別平等教育主要內容項目 |
|:---:|:---:|
| V | 兩性的成長與發展 |
| V | 兩性的關係與互動 |
| V | 性別角色的學習與突破 |
|  | 多元文化社會中的兩性平等 |
|  | 兩性權益相關議題 |

作　　者：Babette Cole
插　　畫：Babette Cole
譯　　者：黃迺毓
出 版 社：三之三文化事業股
　　　　　份有限公司
出版日期：1999 年 8 月
定　　價：280 元

　　生命的歷程人人有別，但不脫於生老病死，芭貝・柯爾以幽默趣味的手法在《精采過一生》中明白的告訴大眾：「這就是人生！」這位來自英吉利海峽附近一座小島的可愛作家，以顛覆傳統的圖畫書著名，豐富獨特的繪畫語言給人留下深切的印象。她擅於將傳統的古典童話注入全新的顛覆精神，像《頑皮公主不出嫁》、《灰王子》等，不見傳統的男尊女卑，真正把男女平等意識放入逗趣可愛的內容之中。

　　《精采過一生》是芭貝・柯爾一部探討生命過程的重要作品。爺爺奶奶向小孫子小孫女娓娓道出自己的一生，從出生到入學，從戀愛到結婚，從生子到抱孫子，最後走入死亡。人生就像闖關，一個接一個的危機不斷出現，時時都可能讓人提早踏入墳墓；每個階段都充滿危機，卻值得大家走上一回，因為事事難料，或許你已知道結果，但永遠無法預測每個過程。無關男女，每個人有享受人生的機會，學習說話、學習走路、玩各種遊戲、嘗試刺激的活動。男孩女孩室內室外到處亂跑；少男少女一起騎機車，勇往直前；男人女人工作結婚、生小孩、養小孩，攜手退休，邁入老年，看似平凡無奇，當中卻包含著難以形容的驚奇。作者描繪的男女角色都充滿活力，愛冒險，求刺激。雖然處處潛伏危機，他們還是樂在其中，就連來生的命運也坦然面對。這些無疑是透露出芭貝・柯爾開闊清晰的兩性平權意識。《精采過一生》不僅是生命教育的實質創作，也為大人小孩上了一課兩性教育。

　　作者以詼諧誇張的筆法，將人的一生濃縮在短短三十幾頁中，每幅圖都傳遞出生命歷程中的危險和未知。不論是先知先覺、後知後覺，或是不知不覺，作者積極樂觀的態度，開放接納生命的全貌，讓讀者相信危機可以變成轉機，甚至化為奇蹟，只要勇於嘗試，每個人都可以「精采過一生」。（陳毓華）

# 潔西過大海

| 文本論及議題 | 性別平等教育主要內容項目 |
|:---:|:---:|
| | 兩性的成長與發展 |
| | 兩性的關係與互動 |
| ∨ | 性別角色的學習與突破 |
| | 多元文化社會中的兩性平等 |
| | 兩性權益相關議題 |

作　　　者：Amy Hest
插　　　畫：P.J.Lynch
譯　　　者：趙美惠
出 版 社：格林文化事業股份
　　　　　有限公司
出版日期：1999 年 9 月
定　　　價：280 元

　　故事開始於一對相依為命的祖孫。平凡的生活中，祖母不忘要潔西接受教育，也教她學習傳統女性的基本技能。有一天，幸運降臨在這對孤苦的祖孫身上，潔西得到一張去美國的船票。「美國！希望之島。」是許多人心目中的圓夢之地。因此，祖孫倆雖然捨不得分開，奶奶還是鼓勵潔西把握這令人欣羨的機會，前往美國。

　　離家初期是痛苦的，潔西適應了心理的孤寂及身體的水土不服，經歷過種種辛苦；日子就在她的奮鬥中過去了，幸福也就這樣漸漸編織出來。她終於存夠了錢，讓奶奶也來到美國，同時也在異鄉建立起自己的家。

　　此書中的主角——潔西與奶奶——皆是女性，具有堅強勇敢的女性形象。祖母獨立撫養年幼的孫女，自己雖然沒有受過多少教育，卻具有大智慧，摒除「女子無才便是德」的傳統觀念，堅持要孫女接受教育；同時也傳授給她傳統的女子技藝。在潔西意外獲得去美國的機會，她雖然捨不得孫女去異鄉奮鬥，但認為這對潔西是有幫助的，於是忍痛放棄天倫之樂，要她把握這機會去開創屬於自己的未來。在在都顯示了祖母堅毅勇敢的智慧長者女性形象。

　　本書刻意突顯出女性的地位，最明顯是潔西獲得船票的時候，村中的「拉比」不選擇其他毛遂自荐的人，而選中一個小女生潔西，便已突破傳統男性才是主角、才會有作為的性別刻板印象。

　　潔西在離開祖母，獨自前往異地奮鬥的過程中，也時時表現出堅強的性格。剛開始上船時，她因為水土不服生病了。但病好了之後，她用奶奶交給她的技能開始幫助同船的人，帶給大家幸福。之後也同樣用自己的本領為自己謀生，甚至為當初教會她種種本領的奶奶賺得了一張船票，把奶奶也接過來美國，在夢想的國度共享天倫之樂。透過鮮明的堅強女性形象，描繪出靠著自己奮鬥而成功的故事。(胡怡君)

# 小小其實並不小

| 文本論及議題 | 性別平等教育主要內容項目 |
| --- | --- |
| ˇ | 兩性的成長與發展 |
| ˇ | 兩性的關係與互動 |
| ˇ | 性別角色的學習與突破 |
|  | 多元文化社會中的兩性平等 |
|  | 兩性權益相關議題 |

作　　　者：林芬名
插　　　畫：林芬名
出 版 社：國語日報社
出版日期：1999 年 10 月
定　　　價：200 元

　　小小是家中最小的，也是唯一的女生，因此，她總是一個人玩洋娃娃，並默默的聽哥哥們談論足球，雖然她並不知道什麼是足球，也沒玩過足球。在好奇心的驅使下，她跟蹤哥哥去練球，終於了解足球是什麼，並苦練足球。在一次比賽中，一個隊員受了傷，小小因此被派上場，踢進了一球，成為足球隊的英雄，也因此打入哥哥的生活圈。

　　傳統童書中的小女生角色，多半是「文靜」的，玩的是扮家家酒遊戲，而且常是「被動」的形象。而以女性為主角的故事，不外是描寫家庭生活溫暖的一面，如《小婦人》。對於所謂「冒險」，這種需要「好奇心」、「勇氣」和「行動力」的活動，則多半以男性為主角，例如《湯姆歷險記》。本書作者卻塑造了一個積極、好奇的小女生形象，她並不滿足於被排除在男生的生活圈之外，每天孤單的玩洋娃娃。她對哥哥的生活感到好奇，所以主動尋找答案；她不甘被冷落，所以積極的苦練足球，終於獲得認同。她具有一般童書男孩主角的特質，也完成了男孩主角們的冒險工作，突破了一般童書在角色性別設定上的偏見。

　　不過，小小以足球尋求並獲得認同的方法值得再做商榷。由小小之前的活動看來，她並不排斥玩家家酒，但為取得哥哥的認同，卻必須改玩和哥哥一樣的足球。這是否就像現實生活中的職場女性，為了讓人相信她和男人一樣具有專業能力，必須改穿西裝並隱藏所有女性特徵，即使她喜歡的並不是這樣的打扮──是的，她得到了認同，但在得到別人認同的同時，是否因此失去自我的認同？如果答案是肯定的，如果取得他人認同的方法，是必須改變自己來迎合別人的口味，這樣的改變及追求，值得效法與模仿嗎？相信答案是否定的，因此，故事如果能以其他可以發展自己的特長、興趣的途徑來尋求認同，使問題獲得解決，是否更具積極的意義？這是值得討論的。（賴素秋）

# 不快樂的大巨人

| 文本論及議題 | 性別平等教育主要內容項目 |
| --- | --- |
| | 兩性的成長與發展 |
| | 兩性的關係與互動 |
| ∨ | 性別角色的學習與突破 |
| | 多元文化社會中的兩性平等 |
| | 兩性權益相關議題 |

作　　者：陳秋惠
插　　畫：蝴蝶找貓兒童創意
　　　　　工作室
出 版 社：格林文化事業股份
　　　　　有限公司
出版日期：1999 年 10 月
定　　價：280 元

　　大巨人總是男的，似乎是個約定俗成的角色設定。在這本互動式的繪本中，有十四個小朋友畫出來十四張不同的大巨人形象，指導老師沒有特別指出大巨人的性別，但他們不約而同畫出男性巨人的形象，沒有一個女性的大巨人。

　　檢視文本中，除了指稱代名詞用的是男性的「他」之外，沒有其他的描述明顯的指出大巨人的性別，例如說明大巨人的外型、穿著、聲音和動作等。作者是以說故事的方式上這一堂畫畫課，透過言語表達並無「他」與「她」的分別，從這一點我們可以知道，在小朋友的心目中，大巨人等於「男」的。然而大巨人是個不存在的東西，它的形象完全是被創造出來的，也就是，我們依著男性的形象創造大巨人，他孔武有力，無所不能。這樣的想像無法和女性聯想在一起的，這是男女有別，天生的限制，非女權主義可以改變的事實。

　　書中的大巨人是個不快樂的大巨人，因為他一直在尋找被需要的感覺，尋找身為一個大巨人的用處。傳統的價值觀總是認為男性必須有一番作為，像個巨人一樣扛起一家的生計，要成為「有用的男人」一直是屬於男性的魔咒。所以書中的大巨人決定離開家鄉，去尋找可以讓他有用處的地方，只有當他能服務別人、找到自己的存在價值時，他才會感到快樂。

　　作者創作這本書是為了啟發式的兒童美術教學，意圖透過故事的描述與引導，讓孩子畫出他們想像中的大巨人，甚至想像與大巨人之間如何互動，與兩性的議題一點關係也沒有。只是我們意外的發現，對於兩性的刻板印象從七、八歲的孩子就開始了，這是成人的引導還是兒童自己的觀察呢？不得而知。

　　我們期待擁有女性特質的大巨人出現。（陳春玉）

# 超級哥哥

| 文本論及議題 | 性別平等教育主要內容項目 |
|:---:|:---:|
| ∨ | 兩性的成長與發展 |
| ∨ | 兩性的關係與互動 |
|  | 性別角色的學習與突破 |
|  | 多元文化社會中的兩性平等 |
|  | 兩性權益相關議題 |

作　　者：趙美惠
插　　畫：崔永嬿
出 版 社：國語日報社
出版日期：1999 年 10 月
定　　價：200 元

　　《超級哥哥》從一位幼稚園小妹妹的觀點，描寫她與患有智能障礙的哥哥生活的故事與經驗。在他們的相處過程中，妹妹與哥哥的互動並不像一般家庭，總是由哥哥來照顧妹妹或禮讓妹妹。兄妹間的相處與互動，在這個故事中，因為哥哥有智能障礙而逆轉，「照顧」與「禮讓」成為妹妹的責任與義務。

　　作者以妹妹的角度出發，把小女孩的心情描寫得很人性化。在陪伴哥哥的過程中，妹妹並非總是心甘情願的。相反的，作者透過妹妹的眼睛，說出與智能障礙的哥哥一起生活中不方便與不快樂的一面；例如哥哥不適當的行為會讓她丟臉，甚至她也有過希望哥哥消失的念頭。小小年紀的她，並不了解哥哥的問題與限制，因此當家人為了照顧哥哥，要求她作出犧牲與退讓時，她十分不能理解，反而覺得委屈。

　　作者在人物刻畫上，並沒有賦予小女孩無條件奉獻的重責大任，只是簡單的、忠實的把與智能障礙者生活可能有的不愉快與壓力說出來。最後因為火災與失蹤事件，妹妹體驗到失去哥哥的傷心，與尋找哥哥的焦急，才明白哥哥在心裡的重要性。終於，她願意真正去接近、認識並用愛去關懷哥哥，從前的不滿與埋怨才真正的化解。

　　本書表現妹妹的角色，不同於傳統無怨無悔，默默承受的消極形象，而是在事件中累積兄妹的情感，真實反映孩子的心理，呈現小女孩從抗拒到接受的心路歷程。最後妹妹願意扮演支持與照顧哥哥的角色，不再是因為無可推卸的責任，而是真心的接納呀！（陳素琳）

# 愛織毛線的
# 尼克先生

| 文本論及議題 | 性別平等教育主要內容項目 |
| :---: | :---: |
| | 兩性的成長與發展 |
| | 兩性的關係與互動 |
| ∨ | 性別角色的學習與突破 |
| ∨ | 多元文化社會中的兩性平等 |
| | 兩性權益相關議題 |

作　　　者：Margaret Wild
插　　　畫：Dee Huxley
譯　　　者：柯倩華
出 版 社：上誼文化實業股份
　　　　　　有限公司
出版日期：1999 年 10 月
定　　　價：250 元

　　尼克先生和他的朋友喬莉太太一樣，都愛織毛線。每天早晨在火車上，他們兩個都會坐在一起織不同圖案的毛線或玩具，而且還互相幫忙——尼克先生幫喬莉太太解開毛線的結，喬莉太太則幫尼克先生找漏針的地方。他們邊坐火車、邊織毛線、邊欣賞窗外風景，每天都很開心。可是突然連續好幾天，喬莉太太沒有出現在火車上，原來她病得很嚴重，躺在醫院休養。不能和尼克先生一起搭火車、織毛線的喬莉太太顯得非常沮喪。這時，尼克先生想到了一個方法讓她再次快樂起來……。

　　織毛線可不是女性的專利呢！作者瑪格麗特・懷德和繪者狄・赫克絲利，選擇讓一位老先生同樣和老太太一般喜歡織毛線，就顛覆了傳統的刻板印象。因此光是書名就能引起讀者好奇：男人也愛織毛線，這是個怎麼樣的故事？書中敘述男性從織毛線這個餘暇活動中得到的樂趣，其實和女性得到的樂趣不相上下；尼克先生的家人們也相當鼓勵、支持、接受他這個嗜好；再加上全書的情節設計與平等中性的敘事方式，便能讓讀者對「男性織毛線」產生良性的深刻印象。

　　另一方面，尼克先生與喬莉太太的友情也相當令人動容。喬莉太太並不因為尼克先生愛織毛衣而嘲笑他；他們兩個也為共同的嗜好不斷地討論、相互幫助；甚至最後當其中一位遭遇挫折時，另外一位也肯全心全意地盡己所能想辦法幫助對方；其中顯露出的溫暖感情，告訴了讀者：「友情並不只是存在於同性同儕之間！」這種敘述異性同儕間相互尊重、彼此幫助的故事，的確是闡述兩性平等意識和異性間純友誼的良好教材。（李婉琪）

# 三重溪水壩事件

| 文本論及議題 | 性別平等教育主要內容項目 |
|:---:|:---:|
| | 兩性的成長與發展 |
| | 兩性的關係與互動 |
| | 性別角色的學習與突破 |
| ∨ | 多元文化社會中的兩性平等 |
| | 兩性權益相關議題 |

作　　者：Patricia Polacco
插　　畫：Patricia Polacco
譯　　者：鄭雪玫
出 版 社：遠流出版事業股份
　　　　　有限公司
出版日期：2000 年 2 月
定　　價：280 元

　　《三重溪水壩事件》的作者派翠西亞・波拉寇，是一個很會說故事的人，她的圖文總是配合的天衣無縫。讀她的作品，會發現她的寫作手法很樸實，而敘事者的道德意識和社會觀察顯而易見。她認為：民主的社會只有在尊重多重文化、多種族文化，在口傳文化和書面文化中找到適切的橋樑時才有可能。要做到這一點，當務之急，便是要將社會的幼苗從「電視文化」裡面拯救出來。而《三重溪水壩事件》這本書，正是作者這個理想的最佳闡釋。

　　本書的故事內容，是描述三重溪鎮的居民，在許多年前捨棄了閱讀，而沈浸在電視影像中。書本在這個地方不是用來讀的，反而被拿來做門檻、蓋屋頂、修補圍牆、填充道路坑洞，甚至支撐水壩。小男孩伊萊的蒂蒂姑媽，在年輕的時候，是一個愛讀書的圖書館館員，在圖書館即將被拆掉而改建電視塔時，她曾奮勇抵抗。她明白這個失去閱讀活動的市鎮一定會出事，於是她仍然熱忱地指導伊萊和其他的孩子閱讀，使他們從閱讀當中獲得許多快樂，不再沈迷於電視的世界中。最後大人受到影響，也開始閱讀，學會明智的選擇電視節目來看，更進而利用從書本上獲得的知識來改造三重溪鎮。大家建立一座新的圖書館，讓蒂蒂姑媽回到圖書館員的工作崗位上繼續為眾人服務。

　　作者刻畫了「蒂蒂姑媽」這個積極的女性形象，從年輕到年老，她推動閱讀的決心從未改變，即使是面對眾人的排擠與責難時，依然特立獨行、不隨俗流，堅持自己的閱讀習慣，並慢慢地協助鎮上的孩子及大人們離開電視螢幕，重拾閱讀的樂趣。通常老年人和孩子比較屬於社會上的弱勢群體，而作者卻塑造一個年老、勇敢的女性長者，使其化身為閱讀運動的推手，並從和孩子的互動中，實現老婦人的理想。這個角色的刻畫，是一個很特別也很成功的嘗試。（王韻明）

# 艾瑪畫畫

| 文本論及議題 | 性別平等教育主要內容項目 |
| --- | --- |
|  | 兩性的成長與發展 |
|  | 兩性的關係與互動 |
| ∨ | 性別角色的學習與突破 |
|  | 多元文化社會中的兩性平等 |
|  | 兩性權益相關議題 |

作　　者：Wendy Kesselman
插　　畫：Barbara Cooney
譯　　者：柯倩華
出 版 社：三之三文化事業股
　　　　　份有限公司
出版日期：2000 年 4 月
定　　價：280 元

　　艾瑪要過七十二歲生日了，子孫送她一幅畫，畫的是她從前住的村莊；每天看著牆上的畫，她心裡想：「它一點也不像我記得的樣子。」眉頭愈皺愈深，終於下定決心，到店裡買了顏料、畫筆和畫架，坐在窗邊開始畫畫。她畫下記憶中的小村莊，畫下生活中的點滴，子孫們嚇了一跳，許多人也慕名前來，她不停地畫，身邊環繞著她喜愛的朋友和懷念的地方，艾瑪再也不寂寞了。

　　這是個真實的故事，作者凱瑟曼在巴黎遇到這麼一位老奶奶，八十多歲的愛瑪‧史坦，年老才開始繪畫創作，留下了四百多幅作品。繪者芭芭拉‧庫尼用心揣摹史坦女士的畫風，重現一幅幅樸拙而富情味的畫作。

　　艾瑪就如我們身邊許多為家庭奉獻一生的老婦人，總是扮演著溫柔的照顧者角色，支持家人，為家人準備可口的食物；老來或者溫和優雅的接受身邊一切，懷念過往，或者成日為子孫叨絮擔心。艾瑪奶奶是溫和沉靜的一方，直到那幅畫出現，像是一個新的起點，使她決定將過去與當下連結，用自己的語言重現自己的記憶，唱自己的歌。

　　庫尼女士筆下溫柔沉穩的色彩，加上親切優雅的人物造形，讓整本書散發出寧靜的力量，徐緩的步調，簡潔的文字，正如艾瑪本人。圖畫中我們看到艾瑪是個愛花人，富涵生命力的美麗花朵點綴在圖畫各處，我們似乎也看到艾瑪老邁身軀中蘊含的生命力，這生命力展現在她的畫作之中，像是一朵朵燦爛綻放的花朵，每一幅都是生命珍貴的片段。

　　老年不是一個結束，而女人的生命色彩也不單靠家庭的成就著色，艾瑪實現了女性自我的再創造，她的畫是心靈的創作，為個人的生命經驗留下了美麗而溫暖的見證。這一位積極的年長女性角色，可以帶領小讀者更深入地認識家中的長者，思索他們獨特的人生經驗和欣賞年老的生命力。相信不論大讀者、小讀者，甚或老讀者，都會為此而感動鼓舞的。（盧貞穎）

# 我們的媽媽在哪裡？

| 文本論及議題 | 性別平等教育主要內容項目 |
| :---: | :---: |
| ∨ | 兩性的成長與發展 |
| ∨ | 兩性的關係與互動 |
|  | 性別角色的學習與突破 |
|  | 多元文化社會中的兩性平等 |
|  | 兩性權益相關議題 |

作　　者：Diane Goode
插　　畫：Diane Goode
譯　　者：余治瑩
出 版 社：上堤文化實業股份
　　　　　有限公司
出版日期：2000 年 5 月
定　　價：250 元

　　媽媽抱著小弟弟去找帽子，叫我們留在原地等，等呀等的，媽媽怎麼還不回來？「我們的媽媽不見了！」快請好心的警察叔叔帶我們去找媽媽，……。在黛安・古迪清新的圖畫中，故事展開了。

　　「她長什麼樣子呢？」警察問，姊弟倆一人一句，零散的勾勒出媽媽的形象。就如譯者余治瑩所說，在外人眼裡，小孩的媽媽只是個長相平凡、舉止慌張的普通人；但是在小孩眼中，就成了世界上最美麗、聲音最好聽、最勇敢、最聰明的女人——媽媽的愛讓小孩感受到媽媽的美。「媽媽」是本書的一大主題，黛安・古迪希望透過它，讓小朋友想想自己的媽媽，進一步了解自己的媽媽，並感受到媽媽的愛。

　　藉由孩子所描述的特質，警察先生帶著兩姊弟與讀者在巴黎街上行走，看遍各行各業女性的丰采：時髦的貴婦人、書報攤的老闆娘，圖書館員以及聲樂家；女主廚、女馴獸師、學校的女老師……。作者細心描繪社會中女性所扮演的各式各樣角色，除了媽媽和妻子之外，女性角色還有更寬廣的發展空間。

　　古迪的藝術風格既嚴謹又細膩，向以畫中特殊的女性氣質為人稱頌，本書氛圍清新簡潔，圖文徐緩行進，筆下豐富的街景和人物表情，令人感到濃濃的情味。不但將熱心的警察、好奇的姊姊和膽小的弟弟，生動自然的刻畫出來，隨著故事進行，孩子著急情緒表露無遺，當他們終於回到車站找到媽媽，一切豁然開朗。跨頁的大圖中紛擾的人群，充滿張力十足的戲劇性；找尋的孩子、拜訪的女性、街上來往的人潮、巴黎優美的街景……古迪的畫值得用心細細觀賞，處處是驚喜。

　　藉孩童的角度來描繪「媽媽」，作者古迪展現出了兒童與女性的柔軟觀點，述說兒童眼中母親的多重面貌，同時也刻畫出女性在社會中，身為母親或是任職各行各業所展現的積極風采。（盧貞穎）

# 不會騎掃把的小巫婆

| 文本論及議題 | 性別平等教育主要內容項目 |
|:---:|:---:|
| | 兩性的成長與發展 |
| | 兩性的關係與互動 |
| ∨ | 性別角色的學習與突破 |
| | 多元文化社會中的兩性平等 |
| | 兩性權益相關議題 |

作　　者：郭桂玲
插　　畫：郭桂玲
出 版 社：國語日報社
出版日期：2000 年 6 月
定　　價：200 元

　　《不會騎掃把的小巫婆》中的主人翁——小琪，最不喜歡上飛行課，每次當老師講解飛行注意事項的要點時，她總是偷偷在底下做喜愛的科學實驗或畫畫，從來就沒有認真的聽講過，所以常因此自食苦果——飛行時從掃把上掉下來並受到老師的處罰。小琪曾經苦惱的問媽媽：「為甚麼我一定要學習飛行呢？」媽媽的回答卻是：「因為大家都這麼做呀！」

　　幸好小琪並不是個容易因失敗而放棄的小巫婆，在某次的自行飛行練習時，小琪發揮了科學實驗的精神，用她的玩具為材料，發明了一隻大型的機器鳥，還為它塗上漂亮的顏色。在一次飛行課上，小琪利用這隻機器進行隨堂任務測驗，以穩健而迅速的行動得到第一名。不僅受到老師的讚美和同學的喜愛，也引發大家自製飛行器的興趣，甚至舉辦了一場「創意飛行大賽」。

　　從圖畫中明顯地看出一個有趣的現象：書中所有的人物都是女性。雖然剛開始時大家都只是循規蹈矩地學習飛行，未曾思考自己需要的是什麼，未曾想過不同形式飛行的可能性。當小琪不放棄一次又一次的嘗試，以科學方式製造出性能良好的飛行器時，身邊的人才認知到自己也有創新的能力，也能為自己量身打造出合乎個人需求的飛行器，飛行才真正融入他們的生活中。

　　此外，小琪並不害怕成為與眾不同的孩子，勇於將困擾自己的疑惑表達，並向成人提出自己心中的想法，進而結合最喜歡的科學實驗，積極地將機器鳥的構想實現。最難能可貴的是，作者始終讓小琪保持樂觀想法，即使「和大家不一樣有甚麼關係？我就是個不會騎掃把的小巫婆。」多麼有自信的女孩呀！（黃惠婷）

# 好事成雙

| 文本論及議題 | 性別平等教育主要內容項目 |
|:---:|:---:|
| | 兩性的成長與發展 |
| ˇ | 兩性的關係與互動 |
| ˇ | 性別角色的學習與突破 |
| ˇ | 多元文化社會中的兩性平等 |
| ˇ | 兩性權益相關議題 |

作　　者：Babette Cole
插　　畫：Babette Cole
譯　　者：郭恩惠
出 版 社：格林文化事業股份
　　　　　有限公司
出版日期：2000 年 7 月
定　　價：250 元

　　歐丹米與歐寶拉是兩個人見人愛的孩子，但他們的父母卻是一對問題夫妻。

　　原先父母親也是相愛的，但隨著生活習慣與觀點的日益不同，他們吵得愈來愈凶，看對方愈來愈不順眼，感情也就隨之破裂。眼見父母彼此憎恨的神情，歐丹米與歐寶拉感到十分傷心難過，困惑地以為是自己的錯，於是他們開始尋求解決辦法。首先，他們邀請有相同問題的同學參加，沒想到來的人真多呢！經過一番討論，決定為不相愛的父母親舉行一場「不結婚典禮」，讓父母親可以不用「結婚」了！這想法獲得牧師的贊成，因此他們開始籌備「不結婚典禮」。

　　「不結婚典禮」圓滿舉行後，所有不再受婚姻束縛的父母親都好高興，帶著笑容到不同的地方渡「不蜜月旅行」。歐丹米與歐寶拉趁此機會，將原本的房子拆掉，並蓋了兩棟符合父母親各自期望的房子，兩棟房子間還有互相通連的祕密通道。從此以後，他們想要的東西都可以得到兩份，而父母也各自過著快樂的日子。

　　「離婚」在一般人的觀念裡是件家醜，但巴貝柯爾卻在文本中將其轉換為「好事」，並捨棄充滿負面印象的「離婚」一詞，而以輕鬆的「不結婚」替代，試圖降低「離婚」對孩子內心的衝擊。同時將「不結婚」事件由孩子主導，讓孩子對於父母的離異不再處於被迫接受的地位，而擁有主動參與的權利。同時巴貝柯爾也嘗試對孩子說明父母親不合的各項因素，圖文相互補充，幫助讓孩子更具體瞭解事件的可能原因，而不會將過錯推給自己。書中更呈現一新穎觀點——「不結婚」的父母變得更快樂了，不用再煩惱父母感情問題的孩子，也會變得更快樂，因為除了每樣東西都可能獲得雙份外，他們還是同時保有父母親雙方面的愛。作者試圖賦予孩子另一種成長的動力，並期待男女在日常生活或婚姻生活中，能多多了解對方的需求，尊重彼此想擁有的個人空間。

（黃惠婷）

# 小女兒長大了

| 文本論及議題 | 性別平等教育主要內容項目 |
|:---:|:---:|
| ∨ | 兩性的成長與發展 |
|  | 兩性的關係與互動 |
| ∨ | 性別角色的學習與突破 |
|  | 多元文化社會中的兩性平等 |
|  | 兩性權益相關議題 |

作　　者：Peter Sis
插　　畫：Peter Sis
譯　　者：小野
出 版 社：格林文化事業股份
　　　　　有限公司
出版日期：2000 年 10 月
定　　價：400 元

　　封面上的小女孩馬德蓮抿嘴微笑著，令人雀躍的祕密就在嘴巴裡，原來馬德蓮有一顆乳牙鬆了！這是成長「蠢蠢欲動」的訊息，馬德蓮忍不住要告訴她的好朋友們：我已經是個大女孩了！

　　跟隨著蹦蹦跳跳的馬德蓮，讀者見到了法國麵包師傅瓦斯桶先生、印度商人辛先生、賣冰淇淋的義大利人喬先生、德國的格林太太、來自拉丁美洲的園藝店老闆矮豆蛙豆先生、和埃及艷后同名的同學克莉奧佩托拉、亞洲來的關太太，原來這些來自世界各地的人都是馬德蓮的鄰居、都是馬德蓮要分享喜悅的好朋友。透過彼得·席斯在書中為我們開啟的視窗，出現一幅幅充滿異國風情的圖像，就如同是走過一趟世界之旅，除了讓人驚嘆彼得·席斯精緻細膩的繪畫之外，也讓閱讀的歷程充滿驚奇。鏡頭從馬德蓮倚靠的窗台一路拉到世界各地，馬德蓮不曾離開她居住的地方，但想像空間卻能不斷的換置，兜了這「最遠的一小圈」，竟只是因馬德蓮一顆搖搖晃晃的乳牙而起，何等奇妙。雖然馬德蓮並不會真的因為乳牙掉了就馬上變成大女孩，但讀者能感受到她對自己性別的認同與滿心的期待。末頁，馬德蓮得意地露出缺牙的微笑，成長的喜悅本應如此。

　　為自己女兒而創作本書的作者，塑造出充滿自信、樂於與人分享、對新奇事物滿懷求知欲、迫不及待奔向新世界，旺盛的生命力感染了周遭朋友的小女孩，還有筆下那群傾聽孩子聲音、真誠地給予祝福的大人們，都可瞥見作者嘗試突破傳統的敘述模式，無論是小女孩、大人及整個世界都呈現真善美的一面，流露作者個人的殷殷期盼。（張瑞玲）

# 當乃平遇上乃萍

| 文本論及議題 | 性別平等教育主要內容項目 |
|:---:|:---:|
| | 兩性的成長與發展 |
| ∨ | 兩性的關係與互動 |
| ∨ | 性別角色的學習與突破 |
| ∨ | 多元文化社會中的兩性平等 |
| | 兩性權益相關議題 |

作　　者：Anthony Browne
插　　畫：Anthony Browne
譯　　者：彭倩文
出 版 社：格林文化事業股份
　　　　　有限公司
出版日期：2001 年 2 月
定　　價：280 元

　　《當乃平遇上乃萍》是世界繪本名家安東尼・布朗於
1998 年的著作，採用創新的敘事方式，不再是或第一人
稱，或第三人稱的單一觀點鋪陳。本書包括四個不同的
角色，各以第一人稱觀點敘述交錯的情境。

　　第一曲是母親帶著兒子乃平和漂亮的維多莉亞狗來
到公園，以母親的觀點敘述而成；第二曲是失業已久的
父親帶著女兒乃萍和一隻有些髒的小黑狗逛公園，以父
親的觀點敘述而成；第三曲是與媽媽出門的乃平，敘述
他的心情以及與乃萍相遇的情景；第四曲是與爸爸出門
的乃萍，敘述她和乃平遊戲的歡樂。

　　在闡釋兩性的角色方面，乃平的媽媽是個不喜歡自己
漂亮的維多莉亞狗跟髒髒的黑狗玩在一起，也不喜歡兒
子和陌生的女孩玩，事情一不順心就生悶氣的典型婦
女。乃萍的爸爸正為了失業煩悶著，充滿活力的髒小黑
以及想要替父親打氣而不斷說話的乃萍，都讓他感到安
慰，此處故事所反應的是：女性煩惱名狗是否被弄髒，
孩子是不是交到壞朋友等等，男性擔心的是工作沒有著
落，雖然兩者的角色刻畫都難脫傳統「男主外，女主內」
的觀念，卻無所謂「男尊女卑」的味道。

　　在兩個孩子的形象塑造上，與母親溝通不良的乃平好
不容易找到了玩伴，雖然他看到乃萍時的第一句話是
說：「可惜是個女生！」仍落入以貌取人的刻板窠臼，
似乎有些貶損女孩的意味，然而在實際相處後，男孩、
女孩都跳出了男強女弱，男動女靜的模式：乃平內向而
擅長溜滑梯、爬樹；乃萍活潑大方，擅長吊單槓。最後
兩人一起玩蹺蹺板、在露天音樂台上打滾，打破男孩外
向主動，女孩內向被動的傳統觀念。不論在成人或孩子
的性別角色刻畫上，都可看到本書是闡釋性別平等意識
之佳作。（邱凡芸）

# 巧媳婦智鬥縣太爺

| 文本論及議題 | 性別平等教育主要內容項目 |
|:---:|:---:|
|  | 兩性的成長與發展 |
| ˇ | 兩性的關係與互動 |
| ˇ | 性別角色的學習與突破 |
|  | 多元文化社會中的兩性平等 |
|  | 兩性權益相關議題 |

作　　者：曾美慧
插　　畫：周東慧
出 版 社：狗狗圖書有限公司
出版日期：2001 年 3 月
定　　價：250 元

　　「女子無才便是德」在傳統中國被奉為對女性才華的規約，身為女人最要緊的就是相夫教子，打理家務，閒暇時做做女紅，其他事都不需管，也管不著。反正天塌下來，有男人頂著。男人認為女人如果懂太多，就容易出亂子，所以女人不需認字，更不需讀書，但可不是所有的女人都甘於如此無能。

　　故事中張老漢的兒子是個十足的書呆子，整天只知道讀書，從來不管雜貨舖的事，更遑論照顧家庭的責任。而張老漢的媳婦——巧姑，也不像一般女人，她管事管帳，樣樣精通，還有個機靈的腦袋。兩人的形象顛覆了性別刻板印象，推翻「男主外女主內」的舊傳統，呈現兩性角色不同的樣貌。故事中眾人對巧姑的能幹讚不絕口，張老漢更是逢人就誇獎媳婦，還一時興起寫下「萬事不求人」五個大字，不正說明了當時社會對女人的看法，認為女人不會有太多的智慧，巧姑不過是萬中選一的奇蹟，否則怎會如此受人注目呢？

　　巧姑憑著己身的機智，抓住縣官刁難張老漢問題中的盲點，輕易地打敗縣官，免去張老漢的牢獄之災。在講求父權，拼命打壓女性發展的社會環境之中，巧姑能突破困境，勇於表現自己的優點，不甘躲藏於房門後，做個以男人為天的女人，即使是面對強權的威逼，亦無畏無懼，從容應對，積極表現出無限的潛能，絲毫不遜色於男人。相形之下，張老漢的兒子整天只知道讀書而不願分擔家務，倒顯得太過養尊處優，雖說男人不一定就得賺錢養家，但對家中事務不聞不問的態度，實不足取法。兩性平等的社會並不是把兩性角色倒反，而是要兩性共處、共事，那才是真正的兩性平等。（胡芳慈）

# 小魚散步

| 文本論及議題 | 性別平等教育主要內容項目 |
| --- | --- |
| ∨ | 兩性的成長與發展 |
|  | 兩性的關係與互動 |
| ∨ | 性別角色的學習與突破 |
|  | 多元文化社會中的兩性平等 |
|  | 兩性權益相關議題 |

作　　者：陳致元
插　　畫：陳致元
出 版 社：信誼基金出版社
出版日期：2001 年 4 月
定　　價：250 元

　　七〇年代以後，臺灣處於經濟起飛的豐饒時期，有愈來愈多的女性從家庭投入職場。社會中的家庭結構也隨之產生變化，小家庭從大家族中獨立出來，父母親都必須工作的雙薪家庭也愈來愈普遍。《 小魚散步 》一書中所呈現出的風格，就是在這種背景下發生的一個溫馨故事。

　　故事的主人翁是個女孩小魚，住在繁忙都市的公寓中，時常獨自在家，沒有玩伴，只能從鐵窗後面盼望著父母能趕快下班回家。但充滿想像力的小魚還是找到自己的娛樂，雖然只是到屋外幫爸爸買東西，她卻能隨時停下腳步，和貓的影子玩遊戲，和路邊的小狗開玩笑。撿到彈珠時，用不同於男生的玩法，看到詩樣的世界。此外落葉像餅乾的聲音，眼鏡看到的模糊世界，和雜貨店老闆有趣的對話，都表現出女孩以浪漫、有想像力的心思觀照生活的獨特活力。

　　作者賦予小魚的不是扁平的人物性格，從插畫中我們看到小魚多變的肢體動作，配合著文字敘述，時而走動，時而靜止；一會兒快樂的吹泡泡，一會兒又戴上眼鏡模仿媽媽的模樣，小魚的表情隨著動作轉變，十分生動豐富。

　　另一方面，面對只有少數成員的家庭，許多家事不再明顯圍限於女人身上，若是媽媽必須加班完成工作，爸爸就得承擔起煮飯的責任，突顯出不同於傳統男女的分工。家庭是男女雙方合作建立的，現代男性也必須主動分擔家事，使家庭充滿平等互尊的和諧氣氛。故事中母親角色雖然一直沒出現，卻讓我們對母親幹練的形象充滿想像，而最後一張父親拿著雞蛋的畫面，大概是現代重視男女平等教育的人，鼓勵家庭成員共同參與家務最希望見到的情景吧！（林詩屏）

# 奧立佛是個娘娘腔

| 文本論及議題 | 性別平等教育主要內容項目 |
|:---:|:---:|
| ∨ | 兩性的成長與發展 |
|  | 兩性的關係與互動 |
| ∨ | 性別角色的學習與突破 |
|  | 多元文化社會中的兩性平等 |
|  | 兩性權益相關議題 |

作　　者：Tomie dePaola
插　　畫：Tomie dePaola
譯　　者：余治瑩
出 版 社：三之三文化事業股
　　　　　份有限公司
出版日期：2001 年 4 月
定　　價：280 元

　　美國圖畫作家湯米・狄咆勒所著的《奧立佛是個娘娘腔》,是本自傳性質濃厚的繪本,敘述喜歡看書、喜歡畫畫、喜歡玩紙偶娃娃、喜歡假裝自己是大明星的小男生奧立佛,由於不擅長球類運動,而被其他男生嘲笑、排擠。幸好,奧立佛的媽媽送他一雙又黑又亮的踢踏舞鞋,讓他能在跳舞課上盡情地舞動,還參加了電影院所舉辦的才藝比賽,表演了拿手的踢踏舞,雖然他沒有獲得優勝,卻贏得了同學心目中「大明星」的稱號。

　　在這本書中,湯米・狄咆勒用簡單卻寓意深遠的兒童故事來處理一般人將男生「男性化」與「娘娘腔」刻板二分的嚴肅話題,用較輕鬆的口吻與幽默的繪圖,呈現奧立佛面對其他同學嘲笑時的難堪、苦惱與失望,只用乾淨、簡單的藍色、棕色,讓讀者將注意力集中在人物的表情及動作上。

　　「大家都說」是種可怕的話語與嚴重的罪行宣判,例如故事中男孩們對奧立佛的嘲笑「大家都說奧立佛・巴頓是個娘娘腔。」「 男孩們說奧立佛是個需要靠女生幫忙的男生,羞羞羞」無須經過科學方法客觀的查證,不用細心的了解內心真實的想法,只需要如風一般無孔不入的人云亦云,那殺傷力便足以傷害一個孩子弱小的心靈。「大家都說」也顯示了人都會害怕與其他人不一樣的心態。不過奧利佛卻是始終如一地堅持,突破眾人加諸身上的性別印象,我們可以從圖畫中看出,奧立佛參加了李老師的舞蹈課,畫面中共有五個人,只有奧立佛一個男生,但是畫面裡的奧立佛堆滿了笑容,充滿幸福而不覺得有任何的不自在或害怕。

　　湯米・狄咆勒筆下的奧立佛是個有勇氣堅持自己興趣的小男生,當母親希望奧立佛多多運動時,他只是理直氣壯地回答母親,自己都有在運動啊,跳舞就是運動啊。奧立佛同時也是個積極、肯努力學習的小孩,就算練習中跌倒、就算被其他男孩子嘲笑,他仍然堅持喜愛的踢踏舞,一個讓他覺得幸福滿足的興趣。(黃千芬)

# 愛書人黃茉莉

| 文本論及議題 | 性別平等教育主要內容項目 |
| --- | --- |
| ∨ | 兩性的成長與發展 |
|  | 兩性的關係與互動 |
| ∨ | 性別角色的學習與突破 |
|  | 多元文化社會中的兩性平等 |
|  | 兩性權益相關議題 |

作　　者：Sarah Stewart
插　　畫：David Small
譯　　者：柯倩華
出 版 社：遠流出版事業股份
　　　　　有限公司
出版日期：2001 年 4 月
定　　價：260 元

　　人言常道：「愛書成癡」。究竟愛書可以癡迷到什麼地步？

　　封面，一位拉著疊滿書籍的小拖車、黃色書本舉在眼前遮住五官、紅色長髮飄逸在風中的女性吸引了眾人的目光。打開到蝴蝶頁，滿倉滿谷、或立或疊的書，讓讀者嚇了一大跳。右下角點亮的檯燈，表明軟沙發上有人正在閱讀。再往下翻，悠閒地在公園長椅上閱讀的女性顯然與封面的主角是同一位，因為藍色書皮一樣遮住她的五官，而紅色頭髮同樣引人注目，原來這就是本書主角——愛書人黃茉莉。

　　黃茉莉從小到大的所作所為都與書本有關，視線也很少離開書籍。她在半夜看書，雨中可以撐傘看書，倒立時也看書，打掃或購物時更是要看書。她買書也買得凶；買到最後，家裡再也裝不下任何一本書，於是愛書的熱情促使一座以黃茉莉為名的圖書館誕生了。

　　這本列在「歡喜閱讀系列」第三冊的書，顯然是要鼓勵大家拾起書本，找回閱讀的樂趣。看到黃茉莉對書這麼熱衷，讀者似乎也可以從閱讀她一生的過程中感染到讀書的快樂。雖然，黃茉莉從小就戴上黑框大眼鏡，很容易讓人聯想到無趣、無味的書呆子，但是她一頭火紅的頭髮卻暗示著作者莎拉‧史都華與繪者大衛‧司摩選擇賦予她獨立、擇善固執、與眾不同的性格。

　　黃茉莉的故事告訴我們，身為女性並非得照著傳統印象行事不可：她可以不買洋娃娃、可以不出門約會跳舞，也可以不買新衣服妝點自己——她要的，只是能充實自己精神生活的書本，也就是一個自己喜歡、自在而又享受的生活。對閱讀與書籍的熱情，是她的特質，也是她人生的價值；這也是為什麼黃茉莉的圖書館，能夠吸引絡繹不絕人潮的原因——對單一事物的熱情，不但可以感動人，還可以影響他人。瘦小如黃茉莉的女性，可知道潛藏在自己身體裡的力量有多大嗎？（李畹琪）

# 圖書館女超人

| 文本論及議題 | 性別平等教育主要內容項目 |
|:---:|:---:|
| | 兩性的成長與發展 |
| | 兩性的關係與互動 |
| ∨ | 性別角色的學習與突破 |
| ∨ | 多元文化社會中的兩性平等 |
| | 兩性權益相關議題 |

作　　者：Suzanne Williams
插　　畫：Steven Kellogg
譯　　者：小蜜柑
出 版 社：遠流出版事業股份
　　　　　有限公司
出版日期：2001 年 4 月
定　　價：250 元

　　刻板印象中的圖書館員，似乎都是眉頭深鎖的神經質小老太婆；透過這個精采而超現實的故事，蘇珊納・威廉斯與史提芬・凱拉利用文字與圖畫合奏出進行曲般的積極節奏，徹底為這刻板的女性職業印象平反，並創出一個活力充沛、意志堅定的積極女性角色——小莉。

　　繪者凱拉將小莉詮釋為一個麥黃色學生頭的女孩，身材圓壯，雙眼靈活，渾身散發活力與熱情。小莉從小就愛看書，但她並沒有「書呆子」的招牌近視眼鏡；她活潑且能幹，愛踢足球，並參考兒童百科自己蓋樹屋，成為圖書館員後，還穿工作服油漆招牌，盛裝打點說故事同樂會；她最特別的地方，就是她與生俱來超人般的力氣。

　　女性與男性的生理差異使「男強女弱」被認為是天經地義，愛讀書的人也總被視為手無縛雞之力，在此作者將小莉塑造成一位力大無窮的女孩，可以抬起汽車、暴風雨中推著書香公車推廣閱讀，也能夠單獨對付飛車黨，教他們乖乖讀書。書中飛車黨頭頭「大比」，是小莉的最佳男配角，大男人不但被矮小的小莉制服，最後還愛上讀書，打扮整齊當圖書館助理，與小莉永浴愛河。靜與動、女性與力量，對比的結合讓此書有著正負極連結的動感電力。

　　這不同於嬌弱女性形象的力大無窮「女超人」，積極獨立的追求自己的理想，同時也歡歡喜喜的擁有愛情，作者似乎要告訴女孩，相信自己的能力並善用它，重視自己身為「人」的價值與使命，女性可以不是第二性。

　　作者蘇珊・威廉斯不虧是資深圖書館員，道地描寫圖書館推廣閱讀的活動，書香公車、說故事時間等等，在凱拉溫暖的黃色調圖畫中，更顯風采；威廉斯幽默而戲劇化的文本，搭配上凱拉豐富而具動感的繪畫，被號角雜誌稱為天衣無縫的合奏，也曾獲得美國圖書館協會（ALA）票選為最佳童書，快來感受熱力十足的女孩放射出的力量吧！（盧貞穎）

# 勇敢的莎莎

| 文本論及議題 | 性別平等教育主要內容項目 |
|:---:|:---:|
| V | 兩性的成長與發展 |
|  | 兩性的關係與互動 |
| V | 性別角色的學習與突破 |
|  | 多元文化社會中的兩性平等 |
|  | 兩性權益相關議題 |

作　　者：Kevin Henkes
插　　畫：Kevin Henkes
譯　　者：柯倩華
出版社：三之三文化事業股
　　　　份有限公司
出版日期：2001 年 5 月
定　　價：220 元

　　本書的圖文作者是凱文‧漢克斯，1960 年出生於美國威斯康辛州。他擅長以幽默溫馨的方式，呈現小孩在家庭生活和人際關係中產生的內在情緒經驗，讓小孩在文圖緊密合作的故事情境裡，獲得了解和安慰。他創作一系列以擬人化的老鼠為主角的圖畫故事，廣受小讀者喜愛，而本書是其中之一。

　　《勇敢的莎莎》的主角莎莎，是一個老鼠家庭中的小女孩，有一個妹妹叫露絲。作者塑造的莎莎，顛覆一般人對小女生膽小、怕生的印象，她不怕黑、不怕閃電和打雷、不怕兇惡的大黑狗、曾公然教訓偷拿跳繩的男同學……，她是一個勇敢的女孩。莎莎總是勇敢走在前方當領導者，露絲則相對顯得膽怯。有一天，莎莎不顧露絲的勸說，想走不同的路回家。她像平常一樣，大膽走向陌生的路要探險，最後卻迷路了。一種前所未有的恐怖念頭油然而生，她害怕的哭了。此時，一直跟在莎莎後頭的露絲出現，卻顯得十分鎮定，她帶領莎莎安全的回到家，莎莎高興的讚美露絲好勇敢！

　　莎莎以具體行為展現她對「勇敢」的想法，露絲因此成為明顯的對比。然而，一段從學校走回家的路，使得莎莎有了面對挫折的經驗，學習接受別人的引導，進而會尊重和讚賞別人。露絲則獲得了實現自我的經驗，在情感和心理上得到滿足與肯定。莎莎和露絲是兩個令人印象深刻的小女孩，她們雖然個性上各自有不完美之處，但她們有自己的想法，而且能以具體行動來證明。

　　「勇敢」一直是人們對男孩的要求，所謂「男兒有淚不輕彈」，反而對女生的要求就沒那麼嚴格，甚至把膽怯、哭泣當作她們的人格特徵。這顯示出社會因為性別刻板印象產生的兩極化態度。《勇敢的莎莎》藉著小女孩展現與體悟「勇敢」的過程，顛覆性別的刻板印象，令人玩味不已。（王韻明）

# 威斯利王國

| 文本論及議題 | 性別平等教育主要內容項目 |
|:---:|:---:|
| ∨ | 兩性的成長與發展 |
| | 兩性的關係與互動 |
| ∨ | 性別角色的學習與突破 |
| | 多元文化社會中的兩性平等 |
| | 兩性權益相關議題 |

作　　者：Paul Fleischman
插　　畫：Kevin Hawkes
譯　　者：柯倩華
出 版 社：和英出版社
出版日期：2001 年 5 月
定　　價：250 元

　　你對國小階段的小男孩，有著什麼樣的想法呢？也許多數人會回答：活潑、好動、喜歡玩電動、愛捉弄女生或者和同齡男孩大玩騎馬打仗、官兵捉強盜等「動作派」遊戲。那麼《威斯利王國》的小主角——威斯利，可能會讓你覺得意外。他是一個很特別的小男孩，喜歡一個人閱讀感興趣的書籍，不愛玩足球，不剪很炫的龐克頭，對披薩、汽水絲毫不感興趣。威斯利就是這樣的男孩，不僅父母和學校裡的護士阿姨都以為他有毛病，而替他擔心著；同年齡的小朋友也認為他是個奇怪的傢伙，而喜歡捉弄、欺侮他。威斯利很孤單，他似乎成了文明世界的異類。然而，威斯利卻利用學校暑假作業，激發靈感和創造力，替自己打造了一個神奇的「威斯利王國」，也讓許多小朋友加入他的王國，讓他們分享他所發明的種種，因而開展了封閉的生活圈，獲得友誼。

　　回想過去的經驗，在我們身邊總不乏一些孩子，因為他們的行為、想法跟其他孩子不大相同，而受到眾人的排擠與嘲笑，就像故事中的威斯利一般。孩子之間，相當容易跟隨同儕的集體意識，排斥跟大家不一樣的小朋友。孩子在小學階段，正逐漸從同儕的互動中，發展其社會化經驗，學習相互尊重、和他人和諧相處之道，無論父母或師長，都應給予適時協助，建立互相體恤、互相關愛的性別平等觀念。

　　這是一本充滿了想像、且富有啟示意味的圖畫故事書。從一個原本孤單、封閉的小男孩，後來藉著獨特的想像力與創造力，開創出一個令人驚奇的神奇世界。對於孩子們來說，本書可以讓他們學習到同性或者異性同儕間，可以彼此尊重，不因彼此性格上的差異而相互傾軋。當然，讓那些處境類似威斯利的的小孩，也能夠學習運用想像力與創造力，發揮自己的長處，試著和同儕建立良好的互動。（王韻明）

# 酷媽也瘋狂

| 文本論及議題 | 性別平等教育主要內容項目 |
|:---:|:---:|
| | 兩性的成長與發展 |
| | 兩性的關係與互動 |
| ∨ | 性別角色的學習與突破 |
| ∨ | 多元文化社會中的兩性平等 |
| ∨ | 兩性權益相關議題 |

作　　　者：Elisabeth BRAMI
插　　　畫：Anne-Sophie
　　　　　　TSCHIEGG
譯　　　者：孫千淨
出 版 社：格林文化事業股份
　　　　　　有限公司
出版日期：2001 年 5 月
定　　　價：250 元

　　《酷媽也瘋狂》一書，是藉著孩子一個個天真的問題，貼切又甜蜜的表達了孩子對母親的依戀。從孩子出門上學、上課、下課遊戲、在黑板寫字及排路隊準備回家……，一整天的學校生活中，因為想念母親，而常常猜想母親此時此刻正在做些甚麼。透過孩子天真、充滿想像的疑問，呈現出不同於一般刻板認知的母親形象。

　　在孩子的想像中，媽媽可能在玩遊戲、買冰淇淋、買麥當勞薯條吃、玩扯鈴或溜滑梯；也可能難過的站在學校門口大哭，需要別人的安慰；在家的時候，也許會做做家事、看電視或報紙，也可能會對著鏡子扮鬼臉、睡懶覺；出門的時候，會像小鳥一樣嘰嘰喳喳跟別人聊天，或騎車出去兜兜風；孩子也擔心，媽媽會不會只喜歡爸爸而不要我了，散步時不小心出車禍或者被壞人綁架，怎麼辦？甚至偷偷翻「我」的祕密、離家出走去火星；更害怕媽媽會忘了時間去接「我」放學。

　　這個故事呈現一個很淘氣、很天真、很懂得生活、很隨性、很忙碌、也很疼愛孩子的「酷媽」形象，利用創新的敘事手法，讓讀者不拘泥於傳統賢妻良母的女性形象，表達出女性在結了婚、擁有了孩子之後，不一定得放棄天真爛漫的想像力與活力，讓自己坐困於照顧丈夫、孩子、工作和做不完的家事當中。只要懂得安排利用時間，還是可以盡情投入自己喜歡的事物，讓生活多一點變化。

　　除了作者布哈蜜運用童趣十足的口吻，生動的寫出孩子對母親天真的想像和甜蜜的關懷之外，其繪者席海格更融合各式各樣的媒材，以繪畫和拼貼的雙重技法，為本書塑造出色彩繽紛而富現代感的風格，以及活潑而充滿創造力的想像空間，讓一個現代生活當中，活躍於家庭、人際和工作三方面的新女性躍然紙上。（王韻明）

# 紙袋公主

| 文本論及議題 | 性別平等教育主要內容項目 |
| :---: | :---: |
| ∨ | 兩性的成長與發展 |
| ∨ | 兩性的關係與互動 |
| ∨ | 性別角色的學習與突破 |
|  | 多元文化社會中的兩性平等 |
|  | 兩性權益相關議題 |

作　　者：Bob Munsch Enter-
　　　　　prise Ltd.
插　　畫：Michael Martchenko
譯　　者：蔡欣玶
出 版 社：遠流出版事業股份
　　　　　有限公司
出版日期：2001 年 7 月
定　　價：220 元

　　公主和王子本來可以過著幸福快樂的日子，可是一隻火龍的出現打亂了這樣的結局，《紙袋公主》寫的就是這樣的故事。

　　作者用不同於傳統故事，顛覆了以往故事發展的形式，讓紙袋公主不但有勇氣面對火龍，並且還運用智慧打倒火龍救出王子，賦予女性主動積極的力量。她考驗火龍的噴火能力、飛行速度，讓自以為是的火龍一下子疲憊不堪的睡著了。可是，眼看幸福的未來就在眼前，公主積極勇敢又充滿智慧的舉動卻得不到王子的欣賞，因為王子的目光只停留在公主的外貌，看到的只是「渾身燒焦味、頭髮亂七八糟，還有穿著髒兮兮破舊紙袋的公主。」卻忽略了她內在蘊含的智慧。

　　想想「真正的幸福」是什麼呢？美麗的容貌，就是幸福的保證書嗎？當男人以為幸福是娶個每天打扮得光鮮亮麗的公主，一旦公主青春不再，幸福是否也隨之消逝？女人的幸福，絕對不能依憑容貌而決定，擁有經營生活的智慧，才有長遠的幸福；善用自己獨具的能力，女人擁有的天空，是很廣闊的，女人的成就，不是外表所能侷限的。

　　紙袋公主所擁有的勇氣和智慧突破傳統女性的種種枷鎖，不但救出了可憐的王子，同時體認到幸福是來自於相互的尊重與欣賞；因此，當公主意識到刻板守舊、眼光短淺，只在意表面虛榮的王子，不能與自己碰撞出生命的火花，產生精神共鳴時，她選擇放棄王子，另覓幸福。

　　公主沒有和王子結婚，是作者提供的一個意外的結局，卻開啓了我們重新思索兩性關係的門。《紙袋公主》帶領我們和孩子一同走入性別平等的世界，學習尊重彼此的能力與獨特性。（林詩屏）

# 莉莉的紫色小皮包

| 文本論及議題 | 性別平等教育主要內容項目 |
|:---:|:---:|
| ∨ | 兩性的成長與發展 |
| | 兩性的關係與互動 |
| | 性別角色的學習與突破 |
| | 多元文化社會中的兩性平等 |
| | 兩性權益相關議題 |

作　　者：Kevin Henkes
插　　畫：Kevin Henkes
譯　　者：李坤珊
出 版 社：和英出版社
出版日期：2001 年 7 月
定　　價：250 元

關於莉莉，還能說什麼？怎麼可能會有人抗拒得了這個小傢伙的魅力呢？

她很喜歡上學，只要一想到上學，圖畫書的畫面彷彿就會出現一顆顆可愛的小愛心，事實上，你再也找不到比她更有求知渴望與躍躍欲試的小老鼠。她很頑皮，她喜歡聽粉筆在黑板上發出吱吱嘎嘎的怪聲音，她還很喜歡削得很尖的鉛筆。她很熱情，毫不掩飾地表達出自己對級任老師——蘇老師——的喜愛，總是不停地在上課時舉手發問與回答問題。她喜歡胡思亂想，當她提著嶄新的紫色小皮包、戴著鑲有小鑽石的太陽眼鏡時，莉莉覺得自己簡直就是個光芒萬丈的電影明星。她樂於與人分享，所以她會迫不及待地想要告訴同學紫色小皮包的可愛。她勇於認錯與反省，因為她擁有獨一無二的「罰坐椅」，所以，當她發現自己錯怪蘇老師的時候，會自動地在椅子上罰坐一百萬年。

最重要的是，莉莉就像是毛線頭，透過這個淘氣的小女生，輕輕一拉，解放了無數在書店西洋文學區裡正襟危坐、拿本《尤里西斯》裝氣質的大女生們，想起那些原本被遺忘在角落、綑綁得死緊的泛黃記憶，那些個不用煩惱青春痘、蘿蔔腿和生理期、高跟鞋、迷你裙、還有隔壁班男生的童年歲月，那些個可以大聲喊叫、到處翻滾而不會有大人斥責你要「像個女生」「像個淑女般抿嘴微笑」的野性童年，那些個可以天馬行空地盡情幻想舞蹈，而沒有人會認為妳不切實際、甚至嗤之以鼻的狂「FUN」童年。

莉莉就是莉莉，她就是這麼的自在地在讀者眼前活著、大口呼吸著。不管讀者的年齡層為何，一定都能感受到她的不受性別拘束與跳脫框框的快樂，雖然她愛漂亮，永遠穿著各種花色的小洋裝與紅短靴，但這些外表的性別區分並不能侷限住她的想像與熱情。更令人期盼的是，希冀這麼一個特立獨行的小女生，能夠翻攪更多不快樂的小孩與大人的心靈深處。（黃千芬）

# 灰王子

| 文本論及議題 | 性別平等教育主要內容項目 |
| :---: | :---: |
|  | 兩性的成長與發展 |
| ∨ | 兩性的關係與互動 |
| ∨ | 性別角色的學習與突破 |
| ∨ | 多元文化社會中的兩性平等 |
|  | 兩性權益相關議題 |

作　　者：Babette Cole
插　　畫：Babette Cole
譯　　者：郭恩惠
出 版 社：格林文化事業股份
　　　　　有限公司
出版日期：2001 年 9 月
定　　價：250 元

　　繼《頑皮公主不出嫁》後，巴貝‧柯爾再次打破性別
刻板印象的藩籬，以幽默的文字與圖畫，把傳統故事中
「灰姑娘」的角色，改編成男性版的《灰王子》。

　　作者在這個事中顛覆的，不只是王子外在的形象，還
有傳統王子高高在上，什麼事都不需要自己動手的印
象。灰王子，沒有英俊的臉蛋，沒有挺拔的體格，不但
瘦小而且害羞；沒有高壯的白馬或拉風的敞篷車，還窩
在廚房料理三餐、打掃和洗衣服。作者派了一隻貓陪伴
灰王子，更消弱了他傳統男性英勇的形象。

　　而可愛的班尼公主，不但束起馬尾，穿上豹紋褲裝和
平底鞋，擺脫以往長髮飄逸、穿著長裙和高跟鞋的溫柔
女性形象，並展現出女人果決幹練的一面。不再像以前
的公主，被動地等待王子的追求，班尼公主是主動出擊，
積極尋找生命中的幸福，將機會握在自己手中。

　　文字之外，讀者在閱讀圖畫的過程中，看到灰王子如
何努力地塗塗抹抹，夢想有朝一日也能長得高大、強壯
多毛時；看見仙女的穿著像小學生、翅膀佈滿青絲、魔
法也不及格時，莞爾一笑外，還可以試著檢視自己心中
的男性和仙女形象，是否仍陷於刻板的性別框框呢？

　　文字與圖畫配合下，《灰王子》顛覆了許多刻板的印
象，讓孩子在閱讀時，慢慢塑造新的性別概念，能以更
開放與包容的態度，面對個人在成長中可能遭遇的性別
認同的困惑。性別之外，作者更以灰王子和班尼公主的
善良、不忌妒、正直和天真，對比灰王子的二位哥哥一
味追求慾望、金錢和權力的性格，讓我們看到什麼是人
性中恆久不變的美善，什麼是值得我們追求的，帶給本
書更深一層的意義。（林詩屏）

# 家族相簿

| 文本論及議題 | 性別平等教育主要內容項目 |
|:---:|:---:|
| | 兩性的成長與發展 |
| ∨ | 兩性的關係與互動 |
| | 性別角色的學習與突破 |
| | 多元文化社會中的兩性平等 |
| ∨ | 兩性權益相關議題 |

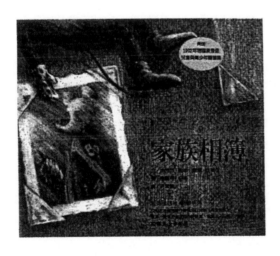

作　　者：Sylvia Deinert/
　　　　　Tine Krieg
插　　畫：Ulrike Boljahn
譯　　者：洪翠娥
出 版 社：和英出版社
出版日期：2001 年 10 月
定　　價：250 元

　　《家族相簿》的主題是家庭性侵害，加害者與被害者是叔姪關係，事情發生的地點是在家中。加害者是爸爸的弟弟——瓦堤亞叔叔，被害者是女孩——小妮絲。瓦堤亞叔叔利用小妮絲對性知識的不足及她對叔叔的信任，在父母不在場時對她作出性侵害的動作。作者以擬人化、暗喻的手法表現性侵害的問題與現象，例如瓦堤亞抱緊小妮絲、要她抓緊他的尾巴去享受舒服的感覺、小妮絲洗澡時他在裡面上廁所等。文字間接地暗示他作的惡事，另一方面插畫也呈現出侵害的氛圍，包括瓦堤亞褲子上的扣子是打開的、穿褲子的動作、及他撫摸尾巴的畫面等。

　　故事的主線是小妮絲的受害過程，另外也看到她的父母與姐姐碧莎一點都沒有察覺任何異樣。瓦堤亞利用小妮絲的無知去欺騙她，達到威脅保密的目的，也利用小妮絲家人的信任，使人沒有防範與警戒。雖然書中對小妮絲的父親與瓦堤亞的關係與互動沒有太多的著墨，但母親很信任瓦堤亞，她太忙沒有空去與小妮絲相處，所以小妮絲有任何問題，母親都交給他。父母對叔叔的信任，可以說是製造小妮絲與叔叔親近、相處的機會，也造成危機發生的高度可能性。

　　當悲劇不斷發生時，不僅小妮絲自己不確定發生了什麼事，父母也沒有任何疑心，孩子當然找不到援手。而叔叔作為成年男性，卻對幼小的親人作出性侵害的行為，他對女性身體的不尊重與不正常的性傾向，是在兩性關係與家庭中很嚴重的問題與危機，如何幫助孩子處理這種性侵害的問題與危機，正是本書討論的重點。

　　（陳素琳）

# 蘿拉找王子

| 文本論及議題 | 性別平等教育主要內容項目 |
|:---:|:---:|
| | 兩性的成長與發展 |
| | 兩性的關係與互動 |
| ∨ | 性別角色的學習與突破 |
| | 多元文化社會中的兩性平等 |
| | 兩性權益相關議題 |

作　　者：Loufane
插　　畫：Loufane
譯　　者：王靖雅
出 版 社：艾閣萌股份有限公司
出版日期：2001 年 11 月
定　　價：220 元

　　女性在追尋真愛的過程中，應該要被動的等待，還是積極的行動？繪本《蘿拉找王子》的母雞蘿拉選擇後者，勇敢地走出農場追求心目中理想的「白馬王子」。

　　農場裡，蘿拉對「母雞殺手」傑克的心儀與愛慕無動於衷，更不會像其他母雞一樣瘋狂的追逐傑克，盡管他是農場裡唯一的公雞，盡管他有一付好歌喉，盡管所有的母雞都喜歡他，她就是不願意違背自己的心意去接受他。蘿拉清楚知道自己喜歡的對象要有一條長長的、毛茸茸的尾巴，還要有四隻飛毛腿，具備這些條件的動物，才是她的王子。

　　在農場裡找不到具有這樣條件的動物，蘿拉決定離開農場，找尋她的王子。把農場中其他母雞的嘲笑丟到腦後，蘿拉不喜歡就勇敢的說不，清楚的知道自己要什麼、不要什麼，決定目標就勇往直前，這是作者所刻畫出的有主見、積極、主動和勇敢的女性形象。

　　本書精采之處在結局，蘿拉終於在森林裡找到她的王子，是一隻紅色的狐狸。當他倆相遇時，會發生什麼事？蘿拉被狐狸吃了？夢碎了？還是體認不同「種族」的人無法在一起的事實，傷心的回到農場找傑克？作者安排的結果絕對出人意料，顛覆傳統童話模式（狐狸吃母雞），讓兩隻不同「種族」的動物，最後幸福快樂的在一起。這結局不但會博君一笑，更要驚呼作者豐富的想像力與創意。

　　《蘿拉找王子》是一本女性意識強烈的作品，透過主角──母雞蘿拉的行動，表現出現代新女性對於愛情觀的自主與主動性，排除萬難的勇敢追尋真愛，和傳統女性溫順與被動形象有天壤之別。（紀采婷）

# 菲菲生氣了──
# 非常、非常的生氣

| 文本論及議題 | 性別平等教育主要內容項目 |
| :---: | :---: |
| ∨ | 兩性的成長與發展 |
|  | 兩性的關係與互動 |
| ∨ | 性別角色的學習與突破 |
|  | 多元文化社會中的兩性平等 |
|  | 兩性權益相關議題 |

作　　者：Molly Bang
插　　畫：Molly Bang
譯　　者：李坤珊
出 版 社：三之三文化事業股
　　　　　份有限公司
出版日期：2000 年 12 月
定　　價：280 元

　　菲菲生氣了！她氣極了！她踢打，她尖叫，想把所有東西都砸掉；她怒吼咆哮出憤怒的火燄，像是一座火山就要爆發！碰！菲菲跑出了家門，往森林裡一直跑去一直跑去……菲菲該怎麼辦呢？

　　本書榮獲 2000 年美國凱迪克大獎，作者是屢獲大獎的莫莉・卞女士，根植於自己童年的回憶，創作出這個故事。抽象的情緒在圖像色彩中準確地呈現，感染力十足，在菲菲憤怒、宣洩、哭泣、調適、回復平靜的過程中，強烈對比的色彩漸漸調和了，紛亂的畫面漸漸平穩了，小讀者在閱讀中，同時可以想像經歷菲菲的憤怒過程，在結尾時得到淨化，也能夠以客觀的讀者角度，去正視「憤怒」這個情緒，在將來處理憤怒情緒時，減少困惑、恐懼與無謂的自責，而積極的自我調適。

　　本書中的主角菲菲雖然是個女孩，金髮藍眼，還綁著小辮子，但作者賦予她 Tomboy 的中性形象，讓她穿上牛仔工作褲，和姊姊搶奪的玩具並不是洋娃娃，而是一隻坐在大卡車上的黑色大猩猩，不同於典型的女孩角色。除此之外，在我國傳統教育中，常教導女孩要「嫻淑文靜」，隨時保持溫柔可人，菲菲正好是個相反的例子，這個小女孩驚天動地的憤怒宣洩，同時宣示了她的自由，她擁有自身情緒的主控權，可以宣洩而不被過度責難；就像菲菲一般，女孩也是會有想大吵大鬧，亂發脾氣的時候呀！誠實面對自己的情緒，這是現代女孩的積極力量。

　　作者將這本書獻給了「所有曾經發過脾氣——不只一次——的小孩、爸爸與媽媽、祖父和祖母、姨媽和姨丈、以及我的朋友們。」是呀，生氣、憤怒和發脾氣，是所有人都會有的情緒，重要的是如何面對這段情緒，調適自己，不論年齡大小，都要學習。當下次生氣的時候，不如想想自己變成菲菲那座火山的樣子，說不定，一切就會好的多！（盧貞穎）

# 口水龍

| 文本論及議題 | 性別平等教育主要內容項目 |
| --- | --- |
| | 兩性的成長與發展 |
| ∨ | 兩性的關係與互動 |
| ∨ | 性別角色的學習與突破 |
| | 多元文化社會中的兩性平等 |
| | 兩性權益相關議題 |

作　　　者：管家琪
插　　　畫：賴馬
出 版 社：民生報社
出版日期：1991 年 7 月
定　　　價：220 元

　　《口水龍》是管家琪第一本短篇童話集，由十七篇童話組成。這十七篇中，各有各的趣味，也各自有想要傳達給讀者的訊息。其中，與兩性平等教育主題較為相關的，有〈排骨湯之戀〉、〈說再見的方式〉和〈玻璃屋裡的玫瑰〉三篇，值得特別提出討論。

　　〈排骨湯之戀〉敘述嗜肉如命的公螞蟻肉球，與嗜水如命的母螞蟻水仙結婚後，第一次住的地方，一滴湯水也沒有，只有牛排，所以水仙受不了。第二次住的地方，果汁滴了一堆，但完全不煮肉，讓肉球無法忍受。最後一次搬家，他們選中一個常煮排骨湯的家庭，有肉又有水，從此幸福美滿。〈說再見的方式〉裡的象太太看到隔壁斑馬夫婦浪漫的說再見方式，心裡覺得不滿，於是要求象先生如法炮製，結果卻發生令人尷尬的事情。〈玻璃屋裡的玫瑰〉敘述一朵名叫蓓蓓的玫瑰，從小嚮往玻璃屋咖啡店裡的世界，也不甘老死之後只成為一堆花泥，於是不畏母親嚴厲的警告，致力使自己綻放出美麗花朵，以換取被園丁剪下插入花瓶的機會。來店裡喝咖啡的女孩子驚豔於蓓蓓的美麗，便摘下她的花瓣，帶回去做壓花，以便永久保存。

　　〈排骨湯之戀〉和〈說再見的方式〉都討論到夫妻間的相處之道。肉球和水仙在結婚之初，便說好「誰也不干涉誰的嗜好，他們要快快樂樂地生活在一起」——這便是兩性間瞭解差異後，選擇相互尊重的良好示範。相反的，象太太由於沒有發現到斑馬夫婦與自己的特質不同，一味要求象先生也要以他人表達愛意的方式「浪漫地」向自己表現愛意，忽略了平時的恩愛才是象先生表現「浪漫」的方式，成了肉球與水仙的反證。至於玫瑰蓓蓓，了解自己志向以後，不斷努力，堅定而勇敢地走出與其他玫瑰不同的路，體驗世界的多采多姿，甚至得到永保美麗容顏的機會，則是鼓勵了女性讀者積極勇敢地創造出精彩而與眾不同的人生，漂亮地活出自己。（李婉琪）

# 孩子王・老虎

| 文本論及議題 | 性別平等教育主要內容項目 |
| --- | --- |
|  | 兩性的成長與發展 |
| ∨ | 兩性的關係與互動 |
| ∨ | 性別角色的學習與突破 |
|  | 多元文化社會中的兩性平等 |
|  | 兩性權益相關議題 |

作　　者：王家珍
插　　畫：王家珠
出 版 社：民生報社
出版日期：1992 年 8 月
定　　價：270 元

　　進入《孩子王・老虎》，就彷彿踏進了幻想的國度。跟著會說故事的家瑋老婆婆一起認識了有智慧的斗笠蛙大老爹；跟著有才華的老鼠小姐學飛翔；看到自卑的「臭貓阿香」變成快樂的「帥貓小軒」；及愛吃檀香的黑貓。一閉上眼睛，又看到許許多多的好朋友住在充滿愛的紅森林裡；抬頭一看，大大的月亮裡有小螃蟹的影子；再從月亮上飛到有神仙的三芝去遊歷，聽「你開玩笑！」的阿瓊瓊媒婆講得意的作媒故事。夢醒了，帶著滋潤仙人掌的愛心，用很溫柔很溫柔的聲音，和美麗的紅森林揮手說再見吧！

　　《孩子王・老虎》有十八篇故事，內容雖各自獨立，但細讀完之後，會發現作者是有企圖的將相同的角色貫串於似乎不相連的故事中，讓讀者似乎也跟老鼠飛到月亮上去旅行，到夢中的紅森林去遊歷。無邊無際的想像力和美麗的心構成這樣的一本童話集。

　　《孩子王・老虎》的性別角色，就像〈孩子王大鬧閻羅殿〉中的孩子一樣，顛覆了傳統的認定。老鼠小姐菲力蒲因為會飛的才華，改變他們族類的歷史。女生，可不是只有「找一個丈夫，生好幾十窩的小老鼠」的命運而已。後來成為鼠國女英雄的的菲力蒲，就是不像一般「安分」的老鼠小姐，「規規矩矩」的過生活，不小心竟練就一身飛行的本領。當然，也惹來不少的質疑眼光，小姐們擔心鋒頭全被她搶走；先生們覺得她是無禮的奪走他們的尊嚴。難道只有男性才能成為眾所認同的偶像？讓「好想賺」先生來回答了大家的疑惑：女性又如何？她才是教會大家飛行的最大英雄。

　　誰說女生要溫柔體貼？如阿瓊瓊媒婆，壯碩的外型、熏死人的口臭，依舊有本事地撮合了一樁好姻緣；誰說男兒有淚不輕彈？如強壯的大公虎三三，想起了動物們陷害他的委屈心事，眼淚也是叭嗒叭嗒的掉個不停……。這些角色，住在母老虎阿珍為大王的紅森林中，都是快樂的吧？因為他（她）們都可以自在的「做自己」。
(胡怡君)

# 怒氣收集袋

| 文本論及議題 | 性別平等教育主要內容項目 |
|:---:|:---:|
| | 兩性的成長與發展 |
| ∨ | 兩性的關係與互動 |
| ∨ | 性別角色的學習與突破 |
| ∨ | 多元文化社會中的兩性平等 |
| | 兩性權益相關議題 |

作　　者：管家琪
插　　畫：劉伯樂
出　版　社：民生報社
出版日期：1993 年 1 月
定　　價：150 元

　　〈英雄外傳〉和〈透明冰箱〉是收錄在管家琪童話集《怒氣收集袋》中兩則特別耐人尋味的故事。

　　〈英雄外傳〉的主角是一隻名叫阿三的老鼠，愛面子的他看到國王的告示寫著：「凡是有勇氣、有膽識的成年老鼠，都應立即加入突擊隊。」阿三不明就裡的自告奮勇加入突擊隊，才知道任務是要在惡貓的脖子上綁上鈴噹，而他是唯一招募到的隊員。被視為民族救星的阿三其實非常害怕，三番兩次地製造假意外想取消任務，還是無法得逞，正打算臨陣脫逃時，恰恰迎上惡貓。想不到，看到鈴噹的惡貓竟脫口而出：「 好漂亮的鈴噹！」接著自己動手繫上鈴噹，阿三便這麼陰錯陽差的完成任務，成了真正的英雄。作者將惡貓設定為母貓，顛覆了讀者對惡貓的刻板性別印象。雖然在故事中女性看似以強者姿態出現，但作者不知是否有意提醒女性若光注重外表、用華麗的衣飾裝扮自己，而不知充實自我，增長智慧，那麼下場可能如同那隻自攬麻煩上身的母貓一般得不償失！

　　在〈透明冰箱〉裡，王博士家中的冰箱堆滿陳年的食物，既髒又亂，王博士為了解決問題，同時造福其他像自己太太一樣懶散邋遢，總忘記冰箱有什麼東西的女人，於是他發明了透明冰箱。發表會順利的進行，直到有人質疑：「王博士根本沒有太太啊？」王博士才遽然驚覺，原來把家裡冰箱弄亂的不是別人，就是自己！原本讓讀者以為作者借王博士之口數落女性，沒想到最後反將男性一軍。女性作家管家琪藉由她幽默的文筆提醒讀者，打理家務不是女性天生具備的本能，不要期望女性都有化髒亂為整潔的身手，更何況愛不愛乾淨根本無關性別，那是個人特質的問題呀。（張瑞玲）

# 小野豬的玫瑰花

| 文本論及議題 | 性別平等教育主要內容項目 |
|:---:|:---:|
| | 兩性的成長與發展 |
| | 兩性的關係與互動 |
| ∨ | 性別角色的學習與突破 |
| | 多元文化社會中的兩性平等 |
| | 兩性權益相關議題 |

作　　　者：王家珍
插　　　畫：王家珠
出　版　社：民生報社
出版日期：1995 年 3 月
定　　　價：190 元

　　與《孩子王‧老虎》一樣，都是發生在由母老虎阿珍領導的紅森林之中。只是這裡的紅森林故事增添了濃濃的中國味，分別由中國的十二生肖領銜演出。踏進紅森林，熱情的母「雞」每天搶著替啞巴的公雞報曉；而老鼠家族有杞人憂天、未下雨先哭泣的未雨老「鼠」；

　　走到了西南角的奔巴草原，經由犀牛菊大姊介紹，才知道浪漫的犀「牛」望月，原來是為了守信。接著來到了最高的龍山，看「龍」師傅如何教「虎」徒弟潛水，又聽虎徒弟唱嘲笑母老虎阿珍的烏鴉頌。下山時，在草叢中竟不小心驚擾到小小的小紅「蛇」，聽他說自己背負的吞下象群的神聖使命。還知道嚴肅的黑豹大王家裡有不守規矩的乖「狗」阿呆，剛風塵僕僕的從精靈國回來，還一心想去惡魔王國。而愛逛玫瑰花廊的小野「豬」，是森林裡的魔法師，集合動物的長才，用聰明、有智慧的心將紅森林妝點的更美麗。

　　自古以來，男性總比女性較占優勢，也較受重視，這似乎是無庸置疑的集體意識。到了現代，此種意識才漸漸被推翻，重視女權的旗幟逐漸升起。此種趨勢已然延燒到動物世界中，就如紅森林裡的母雞們，似乎接受過現代女男平等教育的熏陶，全體有弘揚女權的共識。當公雞膽敢輕視女性時，母雞們即刻抬出兩性平等的牌子。甚至，還採取實際行動教訓一向驕傲的公雞，讓他們嗓子啞了，不能執行看似理所當然的報曉任務。母雞報曉，公雞孵蛋；女主外，男主內，也是各司其職，有何不可？雖然母雞的聲音實在不悅耳；雖然大家實在不習慣女性突然擔負起這麼大的社會責任；雖然……，又有什麼關係？就像小虎作弄了威風凜凜的阿珍大王，壞了森林大王的長上尊嚴，阿珍還是開開心心的。在紅森林裡，每一份子都是快樂、自在的。男尊女卑？欺善怕惡？沒有的事！所有不合理、不公平的事都會在這座愛與智慧的森林中自動消解掉。(胡怡君)

# 山羊巫師的魔藥

| 文本論及議題 | 性別平等教育主要內容項目 |
|:---:|:---:|
| | 兩性的成長與發展 |
| | 兩性的關係與互動 |
| V | 性別角色的學習與突破 |
| | 多元文化社會中的兩性平等 |
| | 兩性權益相關議題 |

作　　者：王家珍
插　　畫：王家珠
出 版 社：民生報社
出版日期：1995 年 4 月
定　　價：200 元

　　《山羊巫師的魔藥》是王家珍繼《孩子王・老虎》之後的第二本童話集，收錄了九篇童話故事。秉持作者一貫的個人風格，除了一般童話所具有的想像與趣味之外，王家珍的童話具有細膩的、善用物性的特色，且善於利用成語和諺語作為想像力發揮的基礎。例如〈九牛二虎搬家〉中的九牛二虎，以及兒歌「兩隻老虎」的由來，〈龜毛兔角〉中發展出來的新新成語，〈拍馬屁〉

　　和〈新雞兔同籠〉等，其中的趣味不但讓小讀者會心一笑，更激發出新的想像。

　　這九篇童話均以動物為主角，大部分的動物並沒有特別說明其性別，亦沒有為其設定刻板的性別形象，因此，閱讀故事時大可以將其視為中性的角色。唯有〈山羊巫師的魔藥〉是則關於山羊巫師與綿羊巫婆的故事，為巫師塑造另一種形象。

　　二十年前，山羊巫師向綿羊巫婆求婚失敗後懷恨在心，決心向綿羊巫婆報復，但綿羊巫婆住在高山上，因此山羊巫師花了十年的時間研發「飛行粉」，他要利用這種魔藥飛上高山去找綿羊巫婆算帳；可惜陰錯陽差，「飛行魔藥」成了「往下掉魔藥」，若不是綿羊巫婆相救，山羊巫師和他的小黑狗必定會跌個粉身碎骨。然而，困在半空中動彈不得的山羊巫師卻怎麼也不肯向綿羊巫婆低頭，只好一直停在半空中。

　　故事中的山羊巫師雖然被形容為「鬼主意最多、又最邪惡的山羊巫師」，卻總是受挫的一方，可是他並不願意承認自己的失敗，這樣的巫師形象，一點也不像我們在一般童話故事中看到的壞巫師，沒有邪惡的魔法，沒有無辜的受害者，山羊巫師不但不可怕，反而處處流露出滑稽的趣味。一反傳統男尊女卑、男強女弱的相對地位，故事中男性角色的處境就像「往下掉魔藥」一般掉了又掉，求婚失敗還得困在半空中，而女性在此展現出獨立與才能，不但不需要接受巫師的求婚，還有能力解救他於危難中，展現出新時代的女性形象。（陳瀅如）

# 摩登烏龍怪鎮

| 文本論及議題 | 性別平等教育主要內容項目 |
|:---:|:---:|
| ∨ | 兩性的成長與發展 |
|  | 兩性的關係與互動 |
| ∨ | 性別角色的學習與突破 |
|  | 多元文化社會中的兩性平等 |
|  | 兩性權益相關議題 |

作　　者：賴曉珍
插　　畫：劉伯樂
出 版 社：民生報社
出版日期：1997 年 11 月
定　　價：250 元

摩登烏龍座落在西瓜鎮，鎮上有位姓普名公英的小姐，她是位名不見經傳的偵探小說家，誤打誤撞之下住進了這棟「烏龍」公寓。公寓的主人是對棕熊夫婦，雖嘮叨但樂於助「人」。故事之中作者憑藉著想像力，使小鎮上的人物個個神氣活現。

作者以擬人化的手法，將鎮上所有動物賦予人的特質，再加上書中主角「普公英」小姐和這群人性化的居民之間的互動，既溫馨又充滿逗趣的情誼，我們看到了兩性之間的相處可以如此平和，又充滿著敬重之情。如藍兔大帝和普公英小姐兩人的友情，已打破了性別之間的藩籬，即使藍兔大帝時常出現既秀逗又令人啼笑皆非的舉止，仍然是普公英最要好的朋友。

童話的色彩雖濃厚，但作者創新的手法，使得西瓜鎮上的居民，無所謂的男尊女卑，也無性別歧視，兩者是一視同仁、和平共存的，因此西瓜鎮上瀰漫著祥和之氣。如〈斑馬油漆店〉裡令人意想不到的結局；〈最美味的蛋糕〉中，溫和的居民們如何忍受美食當前仍無法大快朵頤的憾恨。〈鱷霸之愛〉中這隻品性不佳的鱷魚，即使是失戀後，也選擇黯然離去。兩性的平等議題不落痕跡的在文章中發酵，作者以平實的筆調，加上詼諧的人物，成功的將兩性相處的優質面呈現在讀者眼前。

若說烏托邦是人類的一個夢想，那在本書中，作者創造了人類的理想國。人與人回歸到最初點，無歧視、無猜忌、無怨懟、無性別之分；有的是彼此的關懷、互信、互諒、互重，人和人最良善的一面在西瓜鎮的烏龍公寓中緩緩地展開。（林慧玲）

# 花木蘭

| 文本論及議題 | 性別平等教育主要內容項目 |
| --- | --- |
| ∨ | 兩性的成長與發展 |
| ∨ | 兩性的關係與互動 |
| ∨ | 性別角色的學習與突破 |
| ∨ | 多元文化社會中的兩性平等 |
|  | 兩性權益相關議題 |

作　　者：管家琪
插　　畫：孫基榮
出 版 社：文經出版社有限公司
出版日期：1998 年 7 月
定　　價：180 元

中國在儒家思想悠遠影響下，許多文學作品反映出教忠教孝的禮教思想，而廣爲流傳的「木蘭代父從軍」的故事，因符合中國封建禮教的價值觀，強調了「忠」、「孝」和「勇」的主題，被人們所推崇與傳頌。文經社出版的《花木蘭》，由管家琪改寫，將流傳已久的民間傳說重新的詮釋。和以往故事不同的是，新的文本著重「女性主義」和「個人主義」觀點，強調女性自覺和自我實現，是合乎新時代價值觀的作品。

作者在後記中清楚說明：「我所寫的花木蘭很有現代感，而且可以說是有些女性意識吧！我從來不想在作品中加入一些意識型態，只是，面對花木蘭這樣一個特殊的象徵女性，我感覺好像非這樣寫不可。」由此可明顯看出作者改寫故事的創作意圖。

而故事中的木蘭不僅有著堅強的性格，膽識和機智更是遠遠超過一般男子。她箭法高明，武藝精湛，軍中考選結果，木蘭當選騎軍正尉，其他男子反而成爲她的下屬。作者有意讓木蘭與其他男性角色做一對比，顛覆一般人對性別產生的刻板印象。與木蘭的自發性相比，這些軍中同袍反而是礙於「父命難違」，非心甘情願來從軍。

除了盡孝道，木蘭亦基於自身的理由想去從軍，她希望能夠出去看看外面的世界，好好發揮武藝和智慧，不願像母親一樣，找個老實可靠的人嫁了，然後在小村子裡，平平凡凡過一生。事實上，在改寫的故事裡，木蘭的母親也並非一個頭腦簡單，安於現狀的女人。她告訴丈夫贊成木蘭從軍的理由：除了能表現孝心，亦可脫離一般女人既定的命運。如果木蘭留在家裡，注定要成爲一個不快樂的女人，終老一生。相形之下，她寧可木蘭在年輕的時候，爲了追求一個希望、一個夢想而死。

管家琪改寫的《花木蘭》，顛覆性別刻板印象，積極刻畫女性形象，強調人生的意義在於自我實現，相信你一定會更喜歡這樣的故事。（張淑惠）

# 甜雨

| 文本論及議題 | 性別平等教育主要內容項目 |
|:---:|:---:|
| ∨ | 兩性的成長與發展 |
| ∨ | 兩性的關係與互動 |
| ∨ | 性別角色的學習與突破 |
| ∨ | 多元文化社會中的兩性平等 |
|  | 兩性權益相關議題 |

作　　者：孫晴峰
插　　畫：唐壽南
出 版 社：民生報社
出版日期：1999 年 4 月
定　　價：240 元

　　《甜雨》童話集中有五則顛覆傳統的童話，分別是〈阿謝與小春〉、〈鞋盒的祕密〉、〈陸小與喬大〉、〈蛀牙風波〉和〈新潮皇后與魔鏡〉，　這幾個當中的〈阿謝與小春〉、〈陸小與喬大〉和〈新潮皇后與魔鏡〉屬於性別角色的刻板印象之顛覆，〈鞋盒的祕密〉與〈蛀牙風波〉則分別是傳統童話〈灰姑娘〉與〈白雪公主〉的故事情節創意改寫。

　　〈阿謝與小春〉顛覆的對象是所有等待被救援的傳統公主，阿謝是傳統童話王國的三王子，作者首先顛覆王子英勇的形象，讓阿謝成為一個脾氣溫和，喜歡唱歌跳舞、笑和遊戲的王子，不過他還是必須依照傳統去解救被巫婆囚禁的公主，阿謝遇到的是一個會做家事、懂得野外求生和解決生活問題的小國公主小春，不是傳統中只有美貌而什麼都不會的公主。〈陸小與喬大〉的故事則一反女性等待被選擇的命運，王子雖然找到了陸小就是舞會上遺失玻璃鞋的人，但陸小不願嫁給無智無謀只會跳舞，沒有一技之長的王子，她放棄「吃山珍海味、穿綾羅綢緞」的生活，選擇了王子身邊那個機智英勇的侍衛喬大。〈　新潮皇后與魔鏡〉中的皇后是個新時代女性，她穿牛仔褲、戴眼鏡、愛玩電腦愛說笑話，顛覆傳統童話中後母總是善妒、壞心的形象，相較之下，這裡的白雪公主反成了終日疑神疑鬼，跟不上時代的公主。

　　美貌與等待，缺乏獨立生活的能力與被選擇，從傳說到童話，這個傳統就像魔咒一樣套在女性的角色上。受女性主義的鼓舞，文本中等待被男性解救的公主已經得不到幸福了，獨立自主、有才有德的女性自能創造幸福。（陳春玉）

# 保母包萍

| 文本論及議題 | 性別平等教育主要內容項目 |
| :---: | :---: |
| | 兩性的成長與發展 |
| ∨ | 兩性的關係與互動 |
| ∨ | 性別角色的學習與突破 |
| | 多元文化社會中的兩性平等 |
| | 兩性權益相關議題 |

作　　者：Pamela L.Travers
譯　　者：何欣
出 版 社：國語日報附設出版
　　　　　部
出版日期：1968 年 9 月
定　　價：130 元

　　《保母包萍》是一部幻想文學作品，內容繞著與主角瑪麗・包萍有關的神奇事蹟而發展，包萍就像個巫婆，她那把有著鸚鵡頭的傘，就是能讓她飛行的掃把，讓她從燦爛的煙火中走來，又從空中消逝。她可以讓公園裡的大理石雕像跳下來和孩子們玩遊戲，讓童話中的人物和孩子們說話，甚至讓所有人騎著柺杖糖飛到天空去。賦予了保母這般神奇的形象，是對女性照顧家庭的一種肯定，意味著能讓家中的一切瑣事都各就定位的人，真有著超乎常人的力量；或說這樣的想像有助於女性抒解照顧子女的壓力，每個女性都渴望擁有魔法的幫助，將作不完的家事與吵鬧不休的幼兒，用魔杖輕輕一點，便諸事順心。

　　然而這個保母卻不是一般人印象中，那種任勞任怨、溫柔委婉的保母，相反的，她脾氣暴躁、沒耐心、說起話來毫不客氣。以現實生活的角度觀之，包萍絕對不是個稱職的保母，她會威脅孩子說：「要是你們再多說一句廢話，我就叫你們去浴室念童話，而且還把門鎖起來！」關於她令孩子們不解的神奇事蹟，只要孩子一發問，她總是不耐煩地用威脅的口氣說：「再多說廢話我就如何如何」，屬於孩子的情緒與調皮可以說是被壓抑的，但包萍卻受到孩子們的喜愛，這個顛覆刻板印象的保母角色是被作者所肯定的。相較於傳統女性角色中哄小孩的保母，雖然對孩子任勞任怨照顧得無微不至，卻總是受氣的角色，反而得不到孩子的喜愛，作者在此似乎也鼓勵傳統的女性，不要作一個無言的被壓榨者，這可說是女性書寫的一貫態度。

　　《保母包萍》中的人物性格除了包萍之外，都有著一般刻板化的角色個性，班先生是一家之主只負責工作賺錢，他沒耐性、討厭孩子的吵鬧，他會大叫：「從早到晚淨是惹我生氣的事！」班太太則是個溫柔的順從者，對於五個孩子束手無策。作者塑造了包萍這個非傳統刻板化的女性形象，並賦予神奇的力量，對照班太太與其

他女性家僕的辛勞與無能爲力，形成一股反傳統女性角色的張力。（陳春玉）

| 文本論及議題 | 性別平等教育主要內容項目 |
| --- | --- |
| | 兩性的成長與發展 |
| ∨ | 兩性的關係與互動 |
| ∨ | 性別角色的學習與突破 |
| | 多元文化社會中的兩性平等 |
| | 兩性權益相關議題 |

# 風吹來的保母

作　　者：Pamela L.Travers
譯　　者：何欣
出 版 社：國語日報附設出版
　　　　　部
出版日期：1988 年 4 月
定　　價：140 元

　　這是個發生在櫻桃樹巷十七號的故事，東風爲班家的孩子吹來一位保母——瑪麗・包萍，她戴著帽子，提著一個大手提包，還有一把鸚鵡頭作把手的傘。包萍是一位與眾不同的保母，她能從樓梯欄杆溜上樓，從手提包拿出所有家具，她還能帶著孩子跳進圖畫裡，或是用指南針環遊世界，只要在她身邊，總會有意想不到的事情發生。

　　這是英國作者帕・林・特萊維絲 1934 年的創作，是四本系列書籍的第一冊，描述瑪莉・包萍初到班家，照顧簡和麥克的神奇故事，這位新奇的人物和令人驚喜的魔法故事，一出版馬上風靡世界，除了多國譯本外，迪士尼也製作了電影版本。

　　有人認爲包萍其實就是一位魔女，不同於中世紀對魔女的箝制，作者特萊維絲樂於描寫魔法在生活中帶來的夢幻樂趣，她創造了這位融入英國家庭的神奇女性，並賦予包萍情味十足的凡人個性，如愛漂亮、傲慢不露感情，故作嚴肅並拒絕承認魔法。她的個性有點古怪，不討好兒童但總能滿足兒童的夢想；魔女成爲照顧並帶給兒童歡樂的角色，性格介於兒童和成人之間，永遠不會像成人變得庸碌，也會理智的照顧帶領兒童遊戲，這樣有趣的人物，與充滿童趣的冒險，在日常生活的舞臺上，讓小讀者備感親切，活現生活與魔法的矛盾樂趣。

　　作者的英式幽默，生動描寫倫敦生活，寫出了英國中下階級的窮苦，諷刺上流社會，她創造出了包萍這個積極的女性形象，迷人而神祕，具有強烈的女性特質，在女性居家的刻板角色中充分發揮想像力，而神奇魔法中純真的遊戲精神，更讓這部作品雋永而溫暖。不論是大、小讀者，或是一同共讀，相信都能感受到書中的繽紛魔法，經由你的想像，在生活中夢幻展現。（盧貞穎）

# 長襪子皮皮冒險故事

| 文本論及議題 | 性別平等教育主要內容項目 |
| --- | --- |
|  | 兩性的成長與發展 |
|  | 兩性的關係與互動 |
| ∨ | 性別角色的學習與突破 |
|  | 多元文化社會中的兩性平等 |
|  | 兩性權益相關議題 |

作　　者：Astrid Lindgren
插　　畫：矢車涼
譯　　者：任溶溶
出 版 社：志文出版社
出版日期：1993 年 3 月
定　　價：150 元

　　長襪子皮皮誕生於 1944 年，是瑞典國寶級童書作家
林格倫說給女兒聽的床邊故事，也是她第一部童書創
作，投稿時曾因故事過於奔放而沒有下文，直到林格倫
隔年得到少女小說獎之後，皮皮的故事才重現江湖，成
為風靡全世界的兒童名著。這一部「讓大人皺眉，讓小
孩拍手叫好」的故事究竟有什麼魅力呢？

　　皮皮的全名叫「長襪子・皮皮洛塔・美味食品・百葉
窗・薄荷糖・埃夫拉因」， 是個紅頭髮、紮著兩根翹辮
子、小土豆鼻、雀斑臉和大嘴巴的瘦小孩，穿著自製的
藍色衣服，瘦腿上穿著一雙長襪子，一隻棕一隻黑，腳
上還蹬著一雙比腳長一倍的黑皮鞋。她原本和船長爸爸
生活在大海上，直到有天爸爸被海浪捲走，她帶著小猴
子尼爾遜先生和爸爸留給她的一大箱金幣，下船住進了
威勒庫拉莊。

　　皮皮熱情善良、樂觀而有活力，她喜歡交朋友、送禮
物，成天遊戲；她總認為媽媽是天使，爸爸正在南洋當
黑人國王，樂觀勇敢的照顧自己；她有著另類的價值觀，
無厘頭的邏輯，她熱愛自己的雀斑，為了假期才去上學；
皮皮更特別的地方，就是世界無敵的大力氣，她可以打
倒小偷和大力士，隨時行俠仗義。她的精力充沛和力大
無窮也引領出一連串有趣的冒險遊戲。

　　這不被體制拘束的女孩角色，正好在大戰期間「現代
神話英雄」的潮流中，作者顛倒了女人、兒童在社會中
的被照顧角色，讓皮皮具備強大力量可以保護自己與他
人，以及充裕的經濟能力讓她可以隨心所欲，獨立生活，
無視社會加於女人和孩童的價值判斷和體制要求。

　　皮皮的故事不僅風靡自由世界的兒童，也征服了東歐
國家和蘇聯，成為反權威、反體制的代表人物，林格倫
女士也被喻為「兒童文學界的歐威爾」。皮皮的冒險故事
已翻譯成超過六十種語言，也曾被改編為電視劇，本書
是皮皮系列的第一部，全書充滿了滑稽的幽默以及遊戲
童趣，值得細細玩味。（盧貞穎）

# 老茄苳的眼淚

| 文本論及議題 | 性別平等教育主要內容項目 |
|:---:|:---:|
| | 兩性的成長與發展 |
| | 兩性的關係與互動 |
| | 性別角色的學習與突破 |
| ∨ | 多元文化社會中的兩性平等 |
| ∨ | 兩性權益相關議題 |

作　　者：可白
插　　畫：河馬
出 版 社：小兵出版社
出版日期：1993 年 4 月
定　　價：200 元

　　《老茄苳的眼淚》是可白女士寫的「生活故事選」三部曲之一。作者以一個媽媽的角色，站在孩子立場，從生活的點點滴滴，創造出篇篇具有引導情意態度、道德教育、親情感恩，以及問題解決的生活故事。故事中的情節都是孩子成長中可能遭遇的情況，也是父母教養過程中的瓶頸，相當具有引領親子共同思考的價值。而本書中與性別平等議題相關的故事有三，分別是〈女強人媽媽〉、〈美珊有兩個家〉和〈選美大會〉。

　　〈女強人媽媽〉探討母親在家庭中所扮演的角色與分工問題。在過去，都認為相夫教子、燒飯做菜、處理家務……等工作，是婦女在家庭中應盡的義務。至於外出工作則是不必要的，甚至在男性的父權思想下，認為賺錢養家是男人的責任，不需妻子插手。但是，女性外出工作，不只是一種興趣，也是自我肯定，不應該在結婚後就被剝奪。家中成員反而要思考，如何分擔家務，讓女性更有機會一展長才。

　　〈美珊有兩個家〉提到離婚家庭的孩子，如何適應父母分開並可能另組家庭的心理轉折。在現今高離婚率的社會環境，孩子從雙親的庇護，轉而面臨單親家庭生活，一時之間往往難以適應。父母親在家庭中扮演著不同的角色，在孩子心目中更是缺一不可。這個故事讓我們省思的是：如果離婚是無可避免，該如何帶領孩子面對這個問題，並幫助他們順利成長。

　　〈選美大會〉探討到女性對「美」的追求。每個人都喜歡美的事物，連小女生也不例外，但是過分在乎外表而忽略了內在，往往得不償失。女性不應該只用外表的美醜來衡量自我的價值，而追求時髦也未必能換得美麗，多充實「內在美」才是重要的。（王韻明）

# 頭頂長樹的男孩

| 文本論及議題 | 性別平等教育主要內容項目 |
| --- | --- |
|  | 兩性的成長與發展 |
|  | 兩性的關係與互動 |
| ∨ | 性別角色的學習與突破 |
|  | 多元文化社會中的兩性平等 |
|  | 兩性權益相關議題 |

作　　者：可白
插　　畫：河馬
出 版 社：小兵出版社
出版日期：1993 年 4 月
定　　價：200 元

　　可白，本名柯作青，是位作家，同時也是兩個孩子的媽媽。「可白生活故事選」中包括《頭頂長樹的男孩》、《老茄苳的眼淚》和《孫媽媽獵狼記》三部，是她伴隨著孩子成長的真實經驗，藉由精彩的小故事探討社會中普遍存在的現象，教導孩子獨立思考、體驗生活。在每一篇故事之前都有篇簡短的引文帶出主題，並在故事結束後以「思想屋」單元提出可供思考的小問題。

　　《頭頂長樹的男孩》中，〈跳浪〉與〈美麗值多少〉二篇刻畫出積極的女性形象。〈跳浪〉敘述一家人在海邊遊玩時，因為大浪而遭遇危險，媽媽使力將大女兒推向海岸，還為了救小女兒受傷，終於大女兒在心中充滿恐懼的情況下奮力掙扎上岸，對於女性面對危機時的鎮定與勇氣有著正面的描述與刻畫；而在述說媽媽與女兒都以為對方遭大海吞噬的文字中，讀者也可以看到母女間切不斷的關懷和情感。〈美麗值多少〉探討外貌對女性帶來的影響，阿蓮因為其貌不揚，而被丈夫拋棄，她含辛茹苦地將女兒小惠撫養長大，未料小惠卻以「爸爸離開，就是因為你醜。」這樣的言語傷透她的心，也抹煞了阿蓮對小惠多年的付出與關懷，幸而最後小惠體認到媽媽對她的意義，母女間的嫌隙不復存在。女性的價值是否建立在外貌上呢？從阿蓮身上，我們看到母親為子女無條件付出所散發出來的「內心的美」，比任何外在的樣貌更有價值。

　　本書還收錄其他十二篇生活故事，包括〈頭頂長樹的男孩〉，教導孩子不隨便發脾氣；〈鑰匙兒歷險記〉及〈大鈞失蹤了〉，探討放學後校外隱藏的危機；〈利嘴阿正〉，對口不擇言的小朋友做出警告；而〈吵架規則〉以子女的角度來看夫妻之間的相處，以幽默的方式化解家庭中的爭吵，同時培養孩子對兩性互相尊重的觀念。這麼多值得親子共讀的好故事，期望推荐給所有的大朋友、小朋友，讓我們從閱讀的過程中得到樂趣並學習人生的種種課題。（陳瀅如）

# 灰盒子寶貝

| 文本論及議題 | 性別平等教育主要內容項目 |
|:---:|:---:|
| | 兩性的成長與發展 |
| ∨ | 兩性的關係與互動 |
| ∨ | 性別角色的學習與突破 |
| | 多元文化社會中的兩性平等 |
| | 兩性權益相關議題 |

作　　者：方素珍
插　　畫：張哲銘
出 版 社：大千文化出版事業
　　　　　公司
出版日期：1993 年 5 月
定　　價：200 元

　　方素珍所著《灰盒子寶貝》蒐集她個人早期的童話創作八篇,她自己認為這八篇作品受到「傳統」童話故事的影響,但總是她的初啼,具有承先啟後的意義。其中有兩篇作品是明顯以女性為主角的,分別是〈多多的便當盒〉和〈閻羅王嫁女兒〉。

　　〈多多的便當盒〉敘述一個女孩多多,臉上總是笑瞇瞇的,功課又好,引起原本在班上名列前茅的同學張志娟的嫉妒,張志娟不斷的找多多的麻煩,最後發現多多是一個機器人,志娟更加為所欲為,直到多多不願意再到學校去。後來志娟發現多多原本是一個老先生的同伴,老先生的兒子一個個離開,留下寂寞的他,好不容易才找到多多能陪伴他說話。志娟終於良心發現,向多多道歉,並邀請她回到學校。

　　〈閻羅王嫁女兒〉描寫閻羅王的女兒如玉到了適婚年齡,卻在地獄中遍尋不著心目中的如意郎君,決定走過奈何橋,到人間挑女婿,卻發現一個大問題:人間的「好人」是不可能「下地獄」的,何況要與閻羅王的女兒成親,除非那個「好人」犯下「大錯」。如玉終於被一個照顧年邁母親的書生所吸引,期待能嫁給他。但書生明白要娶如玉,除非自己親手「殺了」母親,於是他選擇了離開如玉。原以為二人從此有緣無份,卻因閻羅王巧妙的安排,如玉轉世投胎,二十年後成了那位書生的妻子。

　　〈多多的便當盒〉雖說多多是用來「陪伴」老先生的,有些許「女性是男性的附屬品」之意味,但是老先生的兒子們「都走了」,對男性未嘗不是另一種批判,生男孩真的比生女孩好嗎?〈閻羅王嫁女兒〉有著傳統「女大當嫁」的觀念,可是如玉也被塑造成現代新女性,忠於「自己的」選擇,並勇於追求所愛,皆可見到作者在傳統的性別期待中賦予的新意。(邱凡芸)

# 孫媽媽獵狼記

| 文本論及議題 | 性別平等教育主要內容項目 |
|:---:|:---:|
| | 兩性的成長與發展 |
| | 兩性的關係與互動 |
| | 性別角色的學習與突破 |
| ∨ | 多元文化社會中的兩性平等 |
| ∨ | 兩性權益相關議題 |

作　　者：可白
插　　畫：李謀卿
出 版 社：小兵出版社
出版日期：1993 年 5 月
定　　價：200 元

全書包括〈孫媽媽獵狼記〉等十四篇生活故事，筆法幽默、輕鬆，貼近現代小孩生活的各個層面。以〈孫媽媽獵狼記〉一篇而言，寫女性（弱者）團結捍衛自身權益而戰，所選擇的人物有順應時代潮流（如職業婦女）的設定，所選事件（公園色狼）則能積極反應社會現象。可以藉由故事，教導孩子對生活的思考判斷能力。

不過，現實生活中確實仍存在許多偏見，因此，作者貼近了生活，也就避免不了這些偏見。

以〈媽媽哭了〉和〈半個男人〉這兩篇為例。〈媽媽哭了〉敘述除夕夜前峻惟無意間看見媽媽哭了，經由峻惟傳述，一家加上哥哥和爸爸等三個「男人」，開始檢討自己是否做了什麼錯事，惹媽媽生氣——這些事包括：不收東西、不看書、不幫忙除夕清潔工作……，最後，才發現媽媽只是因為切洋蔥而流淚。篇末並附有小問題：「媽媽為『家』做的事太多了，你能盡量幫忙，並且照顧自己，不給媽媽添麻煩嗎？」〈半個男人〉敘述爸爸不在家時，吩咐建志幫忙照顧家裡，建志才體會到，要一個「男人」扛起家庭，實在不簡單。篇末問題是：「你的爸爸為你們家做了些什麼？你能主動分擔爸爸的辛勞嗎？分擔什麼事？」

〈媽媽哭了〉仍然跳脫不了傳統家事直接歸女人的觀念，甚至必須以眼淚才能換取他人對「家事辛勞」的重視，而「重視」的背後，是對媽媽不能繼續做家事的擔憂，而非體貼、同理的心情。〈半個男人〉寫出男性也有膽小的一面，但這「男性」是個「小男孩」，真正的「男人」會像爸爸一樣勇敢的說：「如果害怕，怎麼保護你呢？」故事中的男性也開始分擔女人的家事，不過只是「分擔」而已，家事是爸爸用健康換取家庭生計的額外負擔，那一樣辛苦上班，且負擔更多家事的媽媽？似乎沒得到一樣的地位。

篇末所附的小問題，其實十分開放，並未將「媽媽作家事」、「爸爸賺錢養家」等狹隘的字眼放入，僅提及「做些什麼？」然而，當所舉的例子，都偏向於傳統刻板印象中的父母形象時，是否就暗示了讀者——「這正是一個『爸爸（媽媽）所該做的事、該有的形象』？」（賴素秋）

# 蓮霧國的小女巫

| 文本論及議題 | 性別平等教育主要內容項目 |
|:---:|:---:|
| | 兩性的成長與發展 |
| | 兩性的關係與互動 |
| V | 性別角色的學習與突破 |
| | 多元文化社會中的兩性平等 |
| | 兩性權益相關議題 |

作　　者：管家琪
插　　畫：張哲銘
出 版 社：大千文化出版事業
　　　　　公司
出版日期：1993 年 9 月
定　　價：200 元

　　《蓮霧國的小女巫》主要角色全是女性，因為住在蓮霧國的居民只有五百多人，男性卻不到一百人。但在很久以前，這個島上的男女比例並非如此懸殊；有一年，海的彼端飄來一個空瓶，裡面的剪報讓島上的人們發現，除了蓮霧島外，還有一個廣大的世界。於是，年輕力壯的男孩們一個又一個駕著小舟出航，他們再也沒回來過，生死不明。

　　蓮霧國的最高管理者是一位女巫，依照傳統，小蓮的母親是正統的繼承者。然而，當女巫實在枯燥乏味，小蓮的母親決定離開蓮霧國。小蓮十歲時被蓮霧國派出去的人尋獲，在經過三道關卡的考驗後，她順利繼承了女巫的地位，吃喝拉撒睡都被人侍奉著。兩個星期後，就像母親一樣，小蓮厭倦了替人許願、被人服侍的生活，她決定回到原來的世界。但島民哪肯輕易讓她走？直到小蓮向島民說明蓮霧國的寶貝就是「超級黑珍珠」，找機會替「蓮霧飛行器」許個願望，才終於回到她的世界。

　　故事中女性的角色，除了主角小蓮以外，還有小蓮的母親、黑婆婆、紅婆婆以及小石妖的媽媽。小蓮自始至終都相當機智、勇敢、果決，不怕蟑螂、蜥蜴等動物，才十歲就擔任一個小國的領導者，是本書對女性正面的肯定。而黑婆婆總是擺著一副要找碴的嘴臉，因著心理對小蓮母親的不滿，連帶的對小蓮有些許敵意；紅婆婆則恰恰相反，她的臉上永遠都掛著快樂的笑容，對小蓮的照顧更是無微不至。兩個婆婆代替了小蓮的母親的角色，在蓮霧國裡面一個管教她、一個呵護她。

　　小石妖的媽媽是個愛生氣的女人，小石妖的父親不斷的用土條製造杯盤，就是給小石妖的媽媽生氣時發洩用，作者給女性發洩情緒的力量，也塑造了性格寬厚的父親形象，「愛摔杯盤，多做幾個就得了！」在兩性互動中可不是都得由女性來包容男性的呀！除了小石妖的父親外，另一個男性角色是小蓮在現實生活中曾幻想的白馬王子張家文，可是他根本無法在蓮霧國出現，更無法在小蓮想要離開時前來拯救。小蓮靠自己的機智與能力離開蓮霧島，選擇自己想要的生活，不但顛覆了王子「救美」的傳統，也賦予女性更積極的形象。（邱凡芸）

# 瘋丫頭瑪迪琴的故事

| 文本論及議題 | 性別平等教育主要內容項目 |
|:---:|:---:|
| | 兩性的成長與發展 |
| ∨ | 兩性的關係與互動 |
| | 性別角色的學習與突破 |
| ∨ | 多元文化社會中的兩性平等 |
| | 兩性權益相關議題 |

作　　　者：Astrid Lindgren
插　　　畫：Ilon Wikland
譯　　　者：任溶溶
出 版 社：志文出版社
出版日期：1994 年 4 月
定　　　價：180 元

　　瑞典作家阿‧林格倫的名著《瘋丫頭瑪迪琴》曾在 1958 年，獲得兒童文學界的最高榮譽「國際安徒生兒童文學獎」。故事內容就如書名所說，敘述一個「瘋」丫頭瑪迪琴的故事。

　　瑪迪琴不過才剛剛上學，卻早已滿腦子的幻想。為了遮掩自己在學校鬧出的醜聞，憑空造出一個同班同學「查理」，處處欺負她，所以她的衣服才會髒、鞋子才會掉、書本的皇后才會長八字鬍。她可以為了滿足妹妹麗絲貝特的「遠足」願望，帶著她爬上屋頂，再撐著傘想像自己如同傘兵一樣「飄落」地面；她也可以聽了一則主日學老師所說「約瑟被賣到埃及」的故事以後，將偷吃她巧克力的討厭妹妹丟在井裡頭，卻又在發現妹妹「真的」被「買走」以後，痛哭流涕了一場。

　　整部書都是由瑪迪琴的「瘋人瘋事」所組成，在積極刻畫女性形象上，常在打架鬧事的瑪迪琴與尾隨在姊姊後面出狀況的麗絲貝特，可說是鮮明的對比，雖然瑪迪琴總是帶著妹妹鬧事，然而溫厚的爸媽總是給予最寬容的處置( 甚至是一頓生日大餐)。 在以「性別平等意識」的尺去衡量這部作品時，可以尼爾松夫婦為例，他們在大雪將臨的日子，全家一同話家常，在尼爾松先生累得想要躺下來休息時，看到垃圾車來了，還是起身倒垃圾，雖然不免發幾聲牢騷，可是丟完垃圾以後，與尼爾松太太在留聲機旁跳舞時，怨言也被丟到腦後了。

　　另外，值得一提的是在最後一篇〈約瑟在井裡〉有一段瑪迪琴與麗絲貝特的的對話：「 你想想吧，麗絲貝特……你想想吧，竟把自己的親兄弟賣做奴隸！」「 什麼叫做奴隸？」麗絲貝特問她。「奴隸就是沒完沒了地做啊做的人。」瑪迪琴說。「那爸爸是奴隸嗎？」麗絲貝特問。「 瞧你說的，他當然不是！」「他當然是的，因為他做啊做啊。 」麗絲貝特說。這裡可以見到，藉由兩個懵懂孩童的口，說出她們對父親的認識，也許，在女性嚷嚷自己是「廉價菲傭」時，也可以想想另一半是不是被當成「奴隸」對待了？兩性要「平等」，可不能單從一性的角度去思考哦！（邱凡芸）

# 二郎橋那個野丫頭

| 文本論及議題 | 性別平等教育主要內容項目 |
|:---:|:---:|
|  | 兩性的成長與發展 |
| ∨ | 兩性的關係與互動 |
| ∨ | 性別角色的學習與突破 |
|  | 多元文化社會中的兩性平等 |
|  | 兩性權益相關議題 |

作　　者：桂文亞
插　　畫：劉宗慧
出 版 社：民生報社
出版日期：1996 年 7 月
定　　價：280 元

　　本書收錄了十七篇短篇作品，如同扉頁上所說的：「具有兒童散文的真實親歷性，又有兒童小說引人入勝的架構和情節。」作品讀來像是帶有自傳性色彩的童年散文，但同時具有小說的張力和鮮明的人物形象。更重要的是，在回味、重現童年的天真甜美回憶之外，作者加入目前臺灣兒童文學較少觸及的：病、死、離別等議題，兼顧到人生中苦與樂的描寫。

　　人生的苦，在〈阿公您安睡〉與〈婆，四月的春草綠了〉中道出。前者是描寫家人為重病爺爺的付出，先是奶奶跪地求醫生救爺爺，再來是媽媽為照顧爺爺病倒後，又再次跪地求醫生——這次是希望醫生讓爺爺早日解脫。

　　〈婆，四月的春草綠了〉中，寫主角目睹重病的婆手持剪刀，欲截斷自己維持生命的氧氣管，及主角在婆去世後的無限悔恨與自責——責怪自己不應該恐懼臥病在床中的婆。所觸及的層面，不僅止於死亡現象的表面敘述，但沒有說教、沒有輔導，只是用帶感情的筆尖，娓娓道出所見、所想，益發深刻感人。

　　人生的樂，在童年的遊戲中。〈二郎橋那個野丫頭〉寫攀牆偷摘果子、玩「荒野大俠客」遊戲，腦袋裡有霹哩趴啦一大串鬼點子的小女孩，其精采程度絲毫不下於湯姆‧沙耶的冒險，書中更沒有任何男孩足以相匹敵。不論是寫愛慕小男生的情感心事，她總是勇敢的「敢愛敢恨」，絕不拖泥帶水。更令人讚賞的是，可沒有人因此叫她「男人婆」，她是個「野丫頭」——愛玩、愛作怪的小「女生」。可是，沒人規定女孩只能玩洋娃娃、跳房子，不能比武冒險，而兩者都喜歡，有何不可呢？

　　主題引人入勝，用詞準確，描寫生動，是本書吸引讀者的地方。而不落俗套的女性形象刻畫，擺脫傳統禮教對女孩的束縛，讓主角能真性情的存在每個故事中，成功地跳脫對女孩的刻板印象與成見，亦是本書成功之處。（賴素秋）

# 男生女生ㄆㄟ ㄟ

| 文本論及議題 | 性別平等教育主要內容項目 |
| :---: | :---: |
| ∨ | 兩性的成長與發展 |
| ∨ | 兩性的關係與互動 |
| ∨ | 性別角色的學習與突破 |
| | 多元文化社會中的兩性平等 |
| | 兩性權益相關議題 |

作　　者：王淑芬
插　　畫：徐建國
出 版 社：小兵出版社
出版日期：1997 年 3 月
定　　價：200 元

　　學校是兒童生活的主要場域之一,若能對校園中發生的事物加以觀察、描述,常常能夠產生許多精采的校園文學。本書的作者王淑芬,是一位小學老師,憑著多年的教學經驗,將小學三年級學生豐富、熱鬧的校園生活,化作一篇篇小故事呈現在我們眼前。全書透過張君偉這個小男生的眼睛,以輕鬆、有趣的童言童語記錄了學校生活的種種,從一開始的〈編班〉到最後〈我的志願〉,三年級值得記載的點點滴滴都收錄在內。

　　誠如書中張君偉所說的:「升上三年級,我老是覺得有一種異樣的感受……有一種快要飛上天的輕盈感。」他們在一年級小孩的面前,會覺得自己特別神氣、驕傲。新穎的課程讓他們看到更廣闊的知識世界;對於班上秩序的維護、愛護小動物、意見的表達等等,有了不同的思考方向;而隨著生理、心理的成長,三年級的階段也開始對男女之間的差別有了朦朧的感受。

　　在每天朝夕相處的學校生活中,這群孩子培養了同儕的情誼。但是無論是男生還是女生,多半是以同性友伴為主,對異性比較排斥,甚至彼此分野得十分清楚,如同在〈男生和女生〉這一篇中提到班上男生女生間的對立情形,讓人讀了不禁會心一笑。即使如此,拋開成見,還是可以好好相處,如〈分組活動〉和〈拜訪與邀請〉等篇章的敘述。而在〈分組活動〉文中,提到張君偉的父母一開始無法接受男生想參加烹飪或編織的學習一事,站在今天兩性平等的眼光看來,值得我們省思這種刻板印象之下的不當影響。

　　全文以三年級小男生的眼光和口吻來敘述,容易引起同齡孩子的認同感。雖然如實的表達男生、女生之間可能發生的衝突與爭執,無形中卻是一種很好的生活教材,師長們可以適時的以當中的故事為例,向孩子們講述同性或異性同儕間應該彼此尊重,不以性別刻板印象相互傾軋的觀念。(王韻明)

# 石縫裡的信

| 文本論及議題 | 性別平等教育主要內容項目 |
|:---:|:---:|
| ∨ | 兩性的成長與發展 |
| ∨ | 兩性的關係與互動 |
| | 性別角色的學習與突破 |
| | 多元文化社會中的兩性平等 |
| | 兩性權益相關議題 |

作　　者：蔡宜容
插　　畫：蔡宜芳
出 版 社：小兵出版社
出版日期：1997 年 6 月
定　　價：200 元

　　《石縫裡的信》由十九篇日記組成，第一篇就是主角妞妞在六年級畢業典禮當天記錄下來的心情。就在國小剛畢業，還沒有進國中讀書的這個暑假，妞妞將所見所聞和心頭的點點滴滴逐一記錄在日記本上，不知不覺也就記下了她「正在長大」的步步足跡。

　　觀察妞妞對待異性的態度是很有趣的。也許妞妞班上的男女生還在壁壘分明的階段，當女生們計畫開同學會的時候，還要考慮是否邀請男生來參加，妞妞不禁疑惑地問了一句：「『同學會』不是應該全班都參加的嗎？」這一句話，讓我們發現妞妞更早跨出兒童階段，思想顯得較為成熟：異性間和平相處，不是天經地義的事情嗎？於是，當妞妞遇到平時並不在一起說話的邱少冬，也大方的和他聊了幾句，沒想到卻聽到了一個男孩心底的祕密；喜歡篆刻的徐之林暫住妞妞家一個星期，兩人也發展出一段以印章為媒介的友情；路上遇見以前班上的段志敏，妞妞慷慨地分享剛買的奶酥麵包；午間巧遇以前班上最好看的男生邵朋，妞妞雖然心裡怦怦跳，卻有另一種「畢業後也許才會有機會和『同學』變成『朋友』的預感」……和異性相處，不會困難也不會可怕；和男生交朋友，就像和女生交朋友一樣自然。

　　至於對成人世界的異性戀，妞妞也有自己的一套看法：偷聽到隔壁陳叔叔拋棄女朋友的事情，她開始思考「是否失戀便是世界末日」的大問題；而路上遇見媽媽的高中同學秋月阿姨，聽到當初阿姨的青梅竹馬情人現在不但沈迷於賭博、傾家蕩產，還毆打她的時候，妞妞的心情是不捨、憤怒和不平。男女間兩情相悅的時候，一切都十分美好；但是並非所有的愛情故事都有愉快的結局，這個時候若無法以尊重的態度解決問題，豈不是讓原本應該充滿善意的愛，刺進令人心痛的淚痕？

　　這就是正在經歷「成長」的妞妞，丟給成年及未成年讀者深思的問題。（李畹琪）

# 小四的煩惱

| 文本論及議題 | 性別平等教育主要內容項目 |
|:---:|:---:|
| V | 兩性的成長與發展 |
| V | 兩性的關係與互動 |
| V | 性別角色的學習與突破 |
|  | 多元文化社會中的兩性平等 |
|  | 兩性權益相關議題 |

作　　　者：王淑芬
插　　　畫：徐建國
出 版 社：小兵出版社
出版日期：1997 年 9 月
定　　　價：200 元

　　孩子的成長是有階段性的，到了四年級，已有許多新鮮的人生經驗，也有一些成長中的彆扭，男生開始不喜歡童話，因為討厭故事中的幻想，卻又想當個英雄人物；女孩子則顯現出母性，愛管理教室，像料理家裡一樣，一切講求紀律，可是又常被說成凶巴巴的！男女生之戰於是經常發生，但是出於關心團體榮譽，常可以化干戈為玉帛；男女生之戀也偶爾出現，不過常落得同學的嘲笑，造成許多矛盾和尷尬。

　　王淑芬這本《小四的煩惱》，就道出這種紛亂的心潮，讀者可以從中看到生活的樂趣、矛盾的人生和教學的活動，以及孩子成長的軌跡，有助於父母對這個階段的孩子的了解。

　　同時這也是一本闡釋性別平等意識的作品。就以班長的選舉來說，開始的時候，男女生的對決非常嚴重，男生提名楊大宏，女生則提名陳玫；前者學識淵博，後者經驗豐富，故票數相差無幾，勢均力敵。最後的結果卻是，楊大宏沒有為自己舉手，卻舉給了陳玫；陳玫也沒有為自己舉手，倒是舉給楊大宏，在得票數相同下，楊大宏說：「報告老師，我覺得陳玫去年管秩序很有一套，我自願退出選舉。」在君子之爭下，男女生彼此展現尊重，不以性別做分野，而重視能力取向。

　　在為班級爭光的事上，男女生更是通力合作。為了參加基本動作比賽，男女生加緊練習，比賽主要目的在考驗全班是否有團隊默契，能不能在領隊的指揮下，動作一致、精神抖擻的排隊通過司令臺。雖然最後沒有得名，倒是讓全班更和諧，感情更凝聚。這股和諧和凝聚的力量就展現在吃便當上，在同學「相親相愛、合作吃便當」下，從此再也沒有人的便當會有剩菜，除了不浪費食物外，當然也沒有人因此受到處罰了。

　　整本書裡洋溢同學和師生間的愛，縱使有零星的吵嘴，也不以刻板的性別印象互相傾軋。（蔡正雄）

# 羅蜜海鷗與小豬麗葉

| 文本論及議題 | 性別平等教育主要內容項目 |
|:---:|:---:|
| | 兩性的成長與發展 |
| ∨ | 兩性的關係與互動 |
| | 性別角色的學習與突破 |
| | 多元文化社會中的兩性平等 |
| | 兩性權益相關議題 |

作　　者：王淑芬
插　　畫：林芬名
出 版 社：國語日報社
出版日期：1998 年 4 月
定　　價：120 元

　　急性子的海鷗先生遇上慢吞吞的豬小姐會擦出什麼樣的火花呢？《羅蜜海鷗與小豬麗葉》不僅僅是一本有趣的童話故事書，從這本書裡，我們也看到兩性間的相處之道。

　　羅蜜海鷗從出生就是急驚風的個性，不論上學、考試或工作，才剛開始就已經準備結束，在忙中有錯之下不免鬧了許多笑話，最後終於找到一個適合他個性的工作——賽車選手，沒想到還是因為急性子而摔到河裡。小豬麗葉則完全相反，她從出生就慢吞吞的。上學第一天，當她走到學校時已經是放學時間，這種慢郎中個性也讓她總是找不到合適的工作。

　　終於，小豬麗葉與羅蜜海鷗在河邊相遇了，這一對個性迥然不同的男女竟然成了情侶，度過熱戀的蜜月期後，他們的相處出現問題，於是兩人都決定為對方改變自己；然而，他們為對方所做的改變，不但沒有讓彼此快樂，反而造成更大的問題，導致兩人協議分手。分手後的羅蜜海鷗和小豬麗葉都很想念對方，他們同時找上魔法師，希望能藉助魔法改變自己的個性，他們成功了嗎？事實上，魔法師並無法幫助他們，但是，他們仍然找到改變的方法，因為「這一次，他們不是為了讓對方開心，才改變自己。這一次，他們是為了自己，真心做了改變，而終於贏得彼此的歡心。」

　　作者對羅蜜海鷗與小豬麗葉形象的描述是採用對比的手法，在同一頁中，上面是羅蜜海鷗、下面是小豬麗葉的故事，巧妙地對照出「快」與「慢」，閱讀時趣味十足。作者藉這個可愛的童話透露與人相處的方法，即使個性天差地遠的兩個人都能找到和諧相處的方式，因此當我們在面對不論是同性或異性朋友時，不也應該少一分抱怨、多一分尊重，才能獲得真心的情誼。（陳瀅如）

# 童年懺悔錄

| 文本論及議題 | 性別平等教育主要內容項目 |
| --- | --- |
| | 兩性的成長與發展 |
| | 兩性的關係與互動 |
| ∨ | 性別角色的學習與突破 |
| | 多元文化社會中的兩性平等 |
| | 兩性權益相關議題 |

作　　者：王淑芬
插　　畫：張化瑋
出 版 社：民生報社
出版日期：1998 年 8 月
定　　價：250 元

誰沒有在童年時候做過些傻事呢?

童年時光，說長不長，一眨眼就消失無蹤，說短不短，留下的記憶好像仍然歷歷在目，如果試著回想起童年，在你的記憶中出現的，是甜？是酸？是苦？還是哭笑不得？人的記憶是很奇怪的，當你愈是想忘記一些曾經做過的糗事，它反而幾十年如一日地如影隨形，那些你曾經哭過、笑過的，卻似乎只能在日記裡勉強上演。

作者的童年在她的筆下，呈現出一幅幅有趣又令人啼笑皆非的畫面，而這些畫面對讀者來說，有的是新奇有趣的，如當獸醫爸爸的助理；有的則可能與讀者的記憶不謀而合，或許你也曾誤會了別人的眼光而沉溺在自己的幻想中，或者不滿意自己不夠詩情畫意的名字，翻開字典尋找看起來漂亮，讀起來好聽的名字，又或者身披床單演起大戲，這些畫面是不是似曾相識呢？

這些令人印象深刻的童年趣事，在一邊喚起讀者相同記憶的時候，也成功地呈現了主人翁的多面性格，不需要以直接的形容詞來詳加描述，一位活脫脫的小女孩已在讀者心目中出現。作者用一連串的真實故事突顯出主角的個性，她的情竇初開、見義勇為、異想天開，或者帶著一絲絲的多愁善感，既是活潑的傻大姐，又是故意裝做老成的小少女，凶巴巴的個性與開朗的特質，都有別於一般家庭對於女兒的管教與期待，而這一切，都在作者自敘的童年中，自然的呈現在讀者的眼前，正因為是如此自然，才真正顯出它的真實。

面對自己的童年，面對一連串難以忘懷的糗事，說是懺悔，其實不過是讓自己重溫回憶裡的點點滴滴，盡管曾經面紅耳赤下不了台，或者也曾尷尬不已，加上一些當初自以為是，但現在想起來卻會噗嗤一笑的傻事，人們都在這些記憶中尋找自己的過去，也重新體會了當孩子的好。童年，就是這樣一段令人臉紅心跳，卻又不捨忘記的回憶。(凌夙慧)

# 我的爸爸是流氓

| 文本論及議題 | 性別平等教育主要內容項目 |
| --- | --- |
| ∨ | 兩性的成長與發展 |
| ∨ | 兩性的關係與互動 |
| ∨ | 性別角色的學習與突破 |
| | 多元文化社會中的兩性平等 |
| | 兩性權益相關議題 |

作　　者：張友漁
插　　畫：小凱
出 版 社：小兵出版社
出版日期：1998 年 10 月
定　　價：200 元

　　當今社會，家庭暴力事件層出不窮，不是每個孩子都能幸運的擁有父母圓滿的愛。《我的爸爸是流氓》這本書，在描述主人翁「阿樂仔」，生來就有個賭博、傷人、打架、欠債……無所不作的流氓爸爸。他喜怒無常，高興的時候會帶全家出遊；賭博輸了錢就對老婆、兒子大發脾氣，夫妻間更是經常拳腳相向，成為街坊鄰居茶餘飯後的閒話。阿樂仔面對一個他無法選擇、無法拒絕的父親，並沒有因此而自暴自棄，在愛恨交織的心路歷程中，他努力地、勇敢地走出自己的路。雖然他明白自己有一個不好的爸爸，卻更加努力上進，做一個人人口中的好孩子，不讓自己和父親一樣。

　　在傳統的父權思想中，男人就是天，是妻兒仰賴、依靠的對象，更是維繫家庭經濟與親情凝聚的支柱。一旦這支柱不成材，家庭往往陷入分崩離析的狀態。這種男尊女卑的差異，固然造成男性沉重的壓力，也剝奪了女性的個人興趣發展與職業選擇的權利。小說中的流氓父親就是逃避家庭責任的男人，過著專斷、自我的浪子生活，他也是一個不能面對自我的懦夫，只好藉著體形上的強勢欺負妻兒。反觀妻子雖然柔弱，面對家庭的責任與壓力時，卻能一肩挑起；而不能選擇家庭卻能選擇自己的未來的阿樂仔，更表現出勇氣與毅力。女子、孩子，社會中的弱勢，卻擁有強者的風範與力量。

　　作者生動地描繪出一個雖強悍卻敵不過自身缺點的軟弱男性形象，和一個忍辱負重、堅強勇敢女性形象，打破了昔日人們在性別認同上對「男尊女卑」、「男強女弱」的刻板印象。而在人物的身分、地位及情節發展模式，皆能不落俗套地處理、設計，可讀性與反思性極高。

　　（王韻明）

# 又醜又高的莎拉

| 文本論及議題 | 性別平等教育主要內容項目 |
|:---:|:---:|
| ∨ | 兩性的成長與發展 |
| ∨ | 兩性的關係與互動 |
| | 性別角色的學習與突破 |
| | 多元文化社會中的兩性平等 |
| | 兩性權益相關議題 |

作　　者：Patricia Maclachlan
譯　　者：林良
出 版 社：三之三文化事業股份有限公司
出版日期：1999 年 1 月
定　　價：250 元

　　爸爸喜歡什麼樣子的太太？要當孩子們的媽媽一定
要是什麼樣子？佩特莉霞・麥拉克倫的《又醜又高的莎
拉》不想附和這些條件，反而賦予了書中爸爸和兩個孩
子絕對「尊重他人」的特質，對於遠道而來的莎拉，他
們接受她、喜歡她、尊重她，而不是改變她。

　　孩子們尊重莎拉的主體性，盡管希望她能留下來，但
卻不會強迫她要留下來；爸爸與莎拉之間，更是完全的
展露出異性之間的彼此尊重，如莎拉穿了一件大大的工
人褲子，凱立說：「女人不能穿工作褲。」莎拉很乾脆
的說：「我這個女人就是要穿。」爸爸站在圍籬邊對於
莎拉穿工作褲一事並沒有阻止，也沒有說什麼，並且還
教莎拉駕馬車，讓她可以一個人到鎮上去。爸爸還對凱
立說道：「莎拉就是莎拉。你們也都知道，她做事有自
己的一套。」完全表現尊重莎拉的行為，也從這裡透露
出莎拉這個女性角色的獨立性及有自己的主見想法，而
非柔順聽從他人擺布。

　　此外，修屋頂這種危險工作的粗活，是男人的事？莎
拉不這麼認為。不若一般傳統女子的驕矜柔弱，莎拉會
修屋頂，會跟著爸爸爬上屋頂用槌子敲打屋頂。文中提
到「莎拉頭髮披散，嘴裡叼滿鐵釘，穿的是跟爸爸一樣
的工作褲。其實就是爸爸的工作褲。」這樣的意象，所
要呈現的，就是女男平等的觀念。爸爸喪偶，因此爸爸
也是媽媽；莎拉能做粗活，因此媽媽也是爸爸，無所謂
爸爸一定只能做哪些事、媽媽只能做哪些事。

　　孩子們及爸爸喜歡莎拉，絕非因為莎拉長得美麗、漂
亮、身材好，從書名《又醜又高的莎拉》可以得知作者
塑造出的主角莎拉其實不美，身材也不好，她備受喜歡、
受肯定全然是因為她這個人、因為她的行為表現，作者
要表達的旨意，就是要破除一般人們對於外表美貌的迷
思，而是把焦點放在人的內在。（紀采婷）

# 偵探班出擊

| 文本論及議題 | 性別平等教育主要內容項目 |
|:---:|:---:|
| | 兩性的成長與發展 |
| | 兩性的關係與互動 |
| ∨ | 性別角色的學習與突破 |
| | 多元文化社會中的兩性平等 |
| | 兩性權益相關議題 |

作　　者：傅林統
插　　畫：貓頭鷹工作室
出 版 社：富春文化事業股份
　　　　　有限公司
出版日期：1999 年 1 月
定　　價：200 元

　　《偵探班出擊》裡的主人翁是一群小學生——鐵三角、楊家將與點子公主，原本想過個充滿野趣的假期，在相思林中展開「原野大尋寶」，無意間發現河裡奇異的鬼影，揭穿乩童利用村民迷信心理詐騙土地的陰謀。他們以機智和勇於冒險的精神，小兵立大功，卻也因此招來歹徒的不滿，被綁架威嚇，但終究因其智勇雙全，而有驚無險。

　　在這個曲折的故事中，點子公主德蘭扮演了重要而積極的角色。德蘭是鐵三角一員——明禮的妹妹，常被爸爸稱讚「ＩＱ一八〇」、「點子公主」而得名。因為平常喜歡閱讀推理小說，更喜歡聽警官大學的叔叔講偵探故事，所以滿腦子推理與偵探。而叔叔送給她的幸運符「智多星」、「點子夾」正代表德蘭過人一等的聰慧。

　　每當這群小偵探遇到困難或推理的瓶頸時，德蘭總是能不慌不忙的點破謎底。在故事中，我們常常可以看見這樣的對話：「這樣的難題，只好請點子公主解釋囉！」「德蘭，你就出出聲吧，為我們可憐的小偵探出出主意吧！」而在鐵三角與楊家將爭論領導權時，楊家大哥心裡的一番掙扎，更具說服力。他心想：「這聰明過人的女孩，自有她慧眼獨具的能力，此時團結最重要，爭領導權是毫無意義的啊！」德蘭不僅機智，更是勇敢的女孩，即使遭歹徒綁架，她仍然不驚不慌與歹徒應對，想著叔叔說過的話「綁架是可以中止的」，而企圖做一隻入虎口但聰明的羊，幫助自己脫險。

　　德蘭的角色讓我們看見女孩積極主動的主體價值，不依附男性而存在，打破「女性是弱者」的刻板印象，並能在男性的團體中以其智慧、勇敢取得地位，而非以美貌與受保護者的形象出現。雖然故事中，仍有男孩營救女孩的情節，但也只是基於平等對待的同儕之情，而非只是對女性弱勢的同情了。（施佩君）

# 蚯蚓泡泡戰

| 文本論及議題 | 性別平等教育主要內容項目 |
| :---: | :---: |
| ∨ | 兩性的成長與發展 |
| ∨ | 兩性的關係與互動 |
| | 性別角色的學習與突破 |
| | 多元文化社會中的兩性平等 |
| | 兩性權益相關議題 |

作　　者：唐土兒
插　　畫：陳維霖
出 版 社：小兵出版社
出版日期：1999 年 6 月
定　　價：200 元

　　十四首可愛的「泡泡小詩」，帶出十四個伴隨孩子們成長的生活小故事。故事中發生的問題，都是貼近孩子生活的，打電玩、不愛作功課、著迷於郵購等等，這些發生在你我成長過程中的種種，藉由作者生動有趣的文字，吸引讀者一篇接著一篇地看下去。

　　〈老式情歌〉敘述喪偶的奶奶在覓得第二春之後，孫女小惠由反對到接受的過程。這一位奶奶可不是個守著老伴照片的孤獨老婦人，她「搽口紅，戴首飾，還噴香水。」有「一個上午通話六次」的電話記錄，加上出門前興高采烈的模樣，充分展現出一顆正在戀愛的心，誰說戀愛是年輕人的專利？奶奶突破一般人對喪偶老人（尤其是女性）的觀念，不拘泥於傳統禮教對女性的限制，勇敢大方地接受另一段感情。「看著李爺爺親切的牽住奶奶的手，一起慢慢步下台階的背影。」多麼溫馨感人的畫面呀！小惠因此而能坦然接受這位將會陪伴奶奶繼續人生路的「多情老歌王」。

　　〈大肚皇后〉是由國中女生佩佩的觀點來看懷孕生子的故事。曾經因為生理期不舒服而下定決心「長大了絕對不生小孩」的佩佩，陪媽媽探望懷孕的小阿姨，眼見小阿姨因為害喜而和姨丈吵架，佩佩傷心地認為「懷孕會導致婚姻破裂」，然而，深夜裡又碰見姨丈為小阿姨買宵夜的情景，這分溫暖的情感倒讓佩佩願意「多生幾個小孩」呢！從為小阿姨跑遍大街小巷買食物的姨丈身上，我們看到現代男性在家庭中的地位不再像過去般高高在上，在小阿姨與姨丈的相處過程中，展現出兩性之間的相互體諒與關懷，原先對於生孩子這件事感到害怕與排斥的佩佩，因此而認同女性懷孕生子的角色。

　　除以上兩篇與兩性教育有關的故事之外，本書每一篇都有其深刻的教育意涵。故事之後的「沉思」問題，給小讀者自己思考的空間，也提供和同學師長討論的話題，讓孩子從有趣的故事中學習與成長。(陳瀅如)

# 女主角的祕密廚房

| 文本論及議題 | 性別平等教育主要內容項目 |
|:---:|:---:|
|  | 兩性的成長與發展 |
|  | 兩性的關係與互動 |
| ∨ | 性別角色的學習與突破 |
|  | 多元文化社會中的兩性平等 |
|  | 兩性權益相關議題 |

作　　者：王淑芬
插　　畫：王福鈞
出 版 社：小兵出版社
出版日期：2000 年 1 月
定　　價：200 元

　　中國民間故事裡的花木蘭和白素貞，西方童話故事中的灰姑娘、白雪公主、美人魚及小紅帽，她們都是知名的女主角，每一位都有屬於自己的故事，但是她們內心世界的喜悲，卻只有本書作者才知道！

　　集結了六位「知名的」女主角，作者用不同以往的嶄新觀點，詮釋他們不為人知的一面，並且用各種食物交織其中，串聯女主角們的心事。驍勇善戰的花木蘭，原來心思如此細膩而感情豐富，卻免不了其他士兵們的歧視與欺負，於是用「吃」來獲得慰藉與抒發；懷抱甜蜜夢幻的灰姑娘仙度拉終於發現王子與華服只是幻境，她從拿手菜中了解到現實的可貴；為愛受苦的白蛇娘娘白素貞，放棄自由，為了心愛的男人而犧牲自己一切的喜好與習慣，卻還是換來一次次的嫌惡，才知道在愛別人之前應該要先學會愛自己；白雪公主和後母的交惡，原來都要怪父親的不是，她終日在皇宮裡眉頭深鎖，還不如找一個自己喜愛的小天地自由呼吸，就算白馬王子沒有出現，她也可以過得快活；美人魚卻還是逃不開宿命，但不是因為王子，而是她終於想通要為自己任性且魯莽的行為負責；在小紅帽的故事裡，受害者卻成了大野狼，而一切，都是「吃」惹的禍。

　　在作者筆下，這些流傳已久的故事有了新的發展與延伸，顛覆了以往人們對這些故事中女主角的印象，也提供讀者從不同觀點解讀故事的機會，女主角們長久以來在人們心中所營造出的形象，終於得到平反。除了小紅帽的故事之外，愛情或異性在其他女主角原來的故事中，都佔了相當重要的部分，但在祕密廚房裡，女主角們自己就可以過的很好，不一定需要英俊的王子或風度翩翩的男性，為她們帶來幸福。有時候，愛情甚至還是生活的絆腳石呢！

　　女主角們偷偷透露的各種食譜，在祕密廚房中與讀者交流，伴隨著她們塵封多年的真實故事與心情，終於獲得釋放。(凌夙慧)

# 三年五班，真糗！

| 文本論及議題 | 性別平等教育主要內容項目 |
|:---:|:---:|
| ∨ | 兩性的成長與發展 |
| ∨ | 兩性的關係與互動 |
|  | 性別角色的學習與突破 |
|  | 多元文化社會中的兩性平等 |
|  | 兩性權益相關議題 |

作　　　者：洪志明
插　　　畫：黃雄生
出 版 社：小魯文化事業股份
　　　　　　有限公司
出版日期：2000 年 6 月
定　　　價：190 元

你知道該怎樣為大象量體重嗎？

收到「愛情恐嚇信」時，你會怎麼辦呢？

在《三年五班，真糗！》這本書裡，有一群鬼點子不斷，奇異想法總是充斥腦袋的孩子。他們說，這樣的「遺傳」源自於不按牌理出牌的老師，你相信嗎？

作者洪志明用他的生花妙筆，記錄了一篇又一篇精彩有趣的校園故事。在「三年五班」這個充滿創意、令人驚奇不斷的班級裡，有聰明靈活、鬼點子特多的「小皮球」；有身材虛胖、動作遲緩，但卻為班上抱回三屆拔河比賽冠軍獎盃的「胖胖」；有主演八點檔連續劇女主角最好的人選「溼衣服」；還有生性急公好義、個性直爽的女生「張大嘴巴」等。其中最值得一提的是，書中的人物，不分男女，都平等尊重彼此，沒有任何詆毀的、性別刻板的角色人物。雖然，「張大嘴巴」不像一般女生溫柔而嫻靜，但是她卻是靠著那張嘴巴屢建奇功。面對愛哭的「溼衣服」，我們看見老師處理的方式並非責難，而是讓大家學習寬容和諒解，他這樣告訴學生：「一個人心情不好才會哭，難過才會哭，讓她哭一哭，雨過天青，心情好了，就不哭了」。另外，即使是體型碩大、身材肥胖的「胖胖」，也並未受到班上同學的排擠，在拔河事件中的表現，更是獲得群體的肯定。這是一個相互尊重，和樂融融的班級。班級裡有一群活潑樂觀的孩子，在老師悉心引導下，健康快樂的成長。

閱讀本書，一篇篇平實動人的校園生活故事讓人感動教師的用心。性別平等不該只是宣傳口號，兩性平等教育應該落實在生活裡。洪志明的作品《三年五班，真糗！》讓我們從班級經營中，看見兩性平等尊重與接納的理念，不再是空泛的理想。（張淑惠）

# 十二歲風暴

| 文本論及議題 | 性別平等教育主要內容項目 |
| --- | --- |
| ∨ | 兩性的成長與發展 |
| ∨ | 兩性的關係與互動 |
| ∨ | 性別角色的學習與突破 |
|  | 多元文化社會中的兩性平等 |
|  | 兩性權益相關議題 |

作　　者：王淑芬
插　　畫：徐建國
出 版 社：小兵出版社
出版日期：2001 年 1 月
定　　價：200 元

　　繼《小四的煩惱》之後，王淑芬再度出擊，出版了《十二歲風暴》， 那一班小四的學生，仍然擔綱故事裡的要角，只不過都已經六年級了。這是個人格發展的關鍵時期，受到主觀身心變化，以及客觀環境的影響，所以會面臨許多問題，例如對異性產生好感時，如何引起他或她的注意；在慢慢脫離父母的管轄後，如何拓展自己的社交圈等。這個階段的孩子，更需要父母和師長的關懷。

　　進入十二歲的孩子，在外形與心理上會有哪些改變呢？張君偉長大了，想法是不是也跟著不同？張志明有沒有變壞？范彬依然愛吃？陳玟還是那麼凶巴巴的嗎？她有沒有喜歡的人？六年級的學生會遇到什麼問題？他們的心裡在想些什麼？王淑芬以她慣用的詼諧手法，戲謔活潑的把這些角色呈現出來，且不著痕跡的，在建構性別認同的過程，避免了以強弱和尊卑等方式，完成了這一本成長中的故事。

　　第一個十二歲風暴是男女生之爭，看誰能勝出，擔任愛心大隊輔導一年級新生。這個年紀的孩子，已經有明確的自我觀念，以及自我追尋的方向，於是渴望能在同儕面前有所表現，參加愛心大隊當然志在必得，最後以抽籤決定，結果兩名男生中獎。范彬為了討好陳玟，注意起自己的身材。為此，他們開始展開社交活動，不過無非為了接近的目的，充分表現出對異性的好感。

　　真正的十二歲風暴，發生在張君偉的身上。從中我們看到了同儕的關懷，那怕最後發現是一場誤會，但是在他們這個年紀裡，已經懂得明辨是非，也知道分別好壞，更發揮了彼此協同的關係。性別在本書的故事中並沒有明顯的分野，除范彬發現自己喜歡陳玟外，男女對團隊的關愛更甚於此，尤其畢業在即的時刻，那一分感情更溢於言表，充分流露在成長的故事中。（蔡正雄）

# 六年五班，愛說笑！

| 文本論及議題 | 性別平等教育主要內容項目 |
| --- | --- |
| ∨ | 兩性的成長與發展 |
| ∨ | 兩性的關係與互動 |
| | 性別角色的學習與突破 |
| | 多元文化社會中的兩性平等 |
| | 兩性權益相關議題 |

作　　者：洪志明
插　　畫：黃雄生
出 版 社：小魯文化事業股份
　　　　　有限公司
出版日期：2001 年 6 月
定　　價：190 元

　　故事的主角是四位六年五班的學生，所組成的「喝茶四人組」。 成員有心思細密，腦筋靈活的「小零錢」、文靜美麗，綽號「黑珍珠」的林靜美、急公好義，口無遮攔的「大嘴妹」還有些許調皮卻心地善良的唯一男生「皮皮」。

　　他們每天相約在「聊天樹」下聊天、喝茶，形成了一個「友誼的私密團體」，在茉莉茶香和涼爽的樹蔭、石椅間，分享生活中的點滴，有時八卦，有時貼心，互相支持，一同成長。

　　書中描繪出三個個性迥異的女孩角色，機智的「小零錢」、溫柔的「黑珍珠」和直率的「大嘴妹」，不同的個性有著很不同的視角和觀點，這就是友誼團體的有趣之處；經由她們，作者試圖處理女孩的校園生活問題，如自我認同及「綽號」的煩惱、人際關係的問題、家庭的問題、愛情的煩惱等……，作者也細心的加入家庭虐待和人身安全等現代社會中的問題。三位女孩在分享討論中，學習以不同角度看待事物，並主動設法解決問題，積極而行動力十足；男孩「皮皮」是其中的甘草人物，有時提供男孩觀點，映襯了這些女孩的聰穎能幹，使這個帶點古代俠士豪氣的「喝茶四人組」，討論觀點更為豐富，同時呈現女孩與男孩特有的英氣。

　　本書是洪志明老師繼《三年五班，真糗！》之後的校園故事創作，每篇小故事中都不忘涵詠正向的教育意義。作者也注重情景的烘托，每每描繪聊天樹下的自然風景、茶香、樂聲，來傳達小主角們的思緒和情感，營造出光明溫馨、意境優美的友誼故事。

　　就故事來說，這是部單純而明朗的作品，而作者筆下的四位好朋友間，老成機智的對話，更令人讀來興味十足，你來我往，頗有相聲藝術的趣味，正如出版社所標榜，本書可說是一部：「表達臺灣兒童情趣的文學脫口秀」。（盧貞穎）

# 有男生愛女生

| 文本論及議題 | 性別平等教育主要內容項目 |
|:---:|:---:|
| | 兩性的成長與發展 |
| ∨ | 兩性的關係與互動 |
| ∨ | 性別角色的學習與突破 |
| ∨ | 多元文化社會中的兩性平等 |
| | 兩性權益相關議題 |

作　　者：毛治平
插　　畫：徐建國
出 版 社：小兵出版社
出版日期：2001 年 6 月
定　　價：200 元

　　回想國中小學那段青澀的歲月，大部分的人都會想起某位老師或同學，當然，還免不了會有心儀的對象吧？即使有沉重的功課壓力，即使父母與老師耳提面命「不准談戀愛」，不知道是賀爾蒙作祟，還是那一顆童稚的心正漸漸轉變，對於男女間的愛戀總是充滿了好奇與期待。

　　《有男生愛女生》就是告訴我們一個青澀的愛戀故事。國小六年級的男生偷偷喜歡上同班的女同學，伴隨著生活中接二連三的事件：考試的挫折、校園衝突的暴力事件，還有面對生命與死亡的疑惑與省思，主角學習到各種不同形式的愛。成人的愛情，就像「導ㄟ」過去的經驗以及對隔壁班女老師的追求，有過成功的戀情卻也難免失敗；青少年的愛，則有可能像主角一樣，對女同學懷著純純的愛戀，就連牽個手都要計畫半天，最後還是宣告失敗；也可能像「兩粒神」，採取錯誤的方式，幸而及時回頭，才不致傷害他人。除了男女間的感情，書中還蘊含了更廣大的愛，包括雙胞胎姊弟間的手足之情、「LKK 神父」對人的慈愛與付出、小婷婷心中天真無邪與信任的愛，當然，還有父母那一份無止境的親情。

　　故事中的兩位女生分別代表不同的個性。羅雲是外表柔弱安靜，但是內心堅強果毅的女孩，她因為受父母離婚的影響，將愛心奉獻到育幼院中，班上的男孩子受到她的影響也加入義工的行列。而林育霈原本是男生心目中的「母暴龍」，大家總是怕她三分，沒想到偶然的機會下，她展現出溫柔的手足之愛，為了保護弟弟挺身對抗校園暴力，讓所有人刮目相看。

　　作者以活潑的筆法生動描述一個國小男生的心境，故事詼諧有趣，同時加進最近流行的元素，例如網路上流傳的故事、文章，不但貼近生活，讀者閱讀時亦得到很大的樂趣；然而談到面對成長、面對生命，卻能夠發人深省，讓大讀者回憶起成長過程中的徬徨與艱辛，而體諒身邊的孩子，讓小讀者藉此找到成長的方向，期待美好的將來。（陳瀅如）

# 一隻老鼠的故事

| 文本論及議題 | 性別平等教育主要內容項目 |
|:---:|:---:|
| ∨ | 兩性的成長與發展 |
| | 兩性的關係與互動 |
| | 性別角色的學習與突破 |
| | 多元文化社會中的兩性平等 |
| | 兩性權益相關議題 |

作　　者：Tor Seidler
插　　畫：Fred Marcellino
譯　　者：陳佳琳
出 版 社：玉山社出版事業股
　　　　　份有限公司
出版日期：2001 年 7 月
定　　價：280 元

　　人類社會有階級之分,《一隻老鼠的故事》裡的老鼠社會也有階層之別。在老鼠世界中,有上流階級老鼠和下流階級老鼠兩種不同的身分地位,當上流階級的伊莎貝,遇到出身低下階級、但有才華的蒙田的追求時,一時之間無法接受,直到經歷了一連串的冒險,方才打破自己對於外表、身分階級的迷思,得知真愛的意義,離開勢利的藍道,追尋真愛蒙田;來自不同階層但真心相愛的兩隻老鼠總算結成眷屬。

　　故事除了破除「門當戶對」的階級迷思外,更進一步闡釋「自我價值」的追尋。伊莎貝自幼受家庭保護,也習慣上流社會的生活模式。認識蒙田後,面臨「老鼠危機」,她勇於離開家庭,實行拯救家園的計畫,拿蒙田的貝殼畫和人類交易,在經歷驚險刺激的冒險後,終於獲得成功。蒙田對伊莎貝一見鍾情,為了追求真愛,他勇於突破階級的限制,拿出貝殼畫作想要幫忙拯救碼頭老鼠窩,以獲得伊人芳心。然而礙於他「瘋狂蒙田」的身分,伊莎貝拒絕了蒙田,蒙田傷心之餘,自暴自棄,否定自己的價值。直到叔叔「瘋狂老蒙田」和伊莎貝,一起拿蒙田的貝殼畫和人類交易成功,才成功拯救了老鼠窩,也扭轉了蒙田對自己的看法,進而重新的肯定叔叔,肯定了自己,當然也獲得伊莎貝的愛。

　　除了蒙田和伊莎貝,故事中其他的老鼠都同樣的聰明、勇敢,都能憑自己的力量解決所遇到的困難,不論性別,不論階級,每個人都有自己的特色,都有存在的價值,如蒙田的爸爸會蓋城堡、媽媽會做羽毛帽,可貴的是他們之間互相欣賞、互相尊重,從這些小人物角色中,讓我們了解只要有所發揮,每個人都是最棒、最有價值的生命。(紀采婷)

# 大餅妹與羅密歐

| 文本論及議題 | 性別平等教育主要內容項目 |
|:---:|:---:|
| ∨ | 兩性的成長與發展 |
| ∨ | 兩性的關係與互動 |
| | 性別角色的學習與突破 |
| ∨ | 多元文化社會中的兩性平等 |
| ∨ | 兩性權益相關議題 |

作　　者：林滿秋
插　　畫：黃淑華
出 版 社：幼獅文化事業股份
　　　　　有限公司
出版日期：2001 年 10 月
定　　價：180 元

　　《大餅妹與羅密歐》描寫國中少女對愛情的期待及其追尋的過程。敘述觀點採大餅妹的第一人稱觀點，描述她對愛情的幻想及同學們的戀愛情形。作品討論的性別議題包括女性對迷人外表的追求與迷思、國中男女生的愛情觀、墮胎危機、及成人世界中單親家庭父母的感情問題。

　　故事以身材肥胖的大餅妹作為敘述觀點，透過其生活與心靈看周遭少女在愛情中的點點滴滴。對大餅妹而言，她知道自己的外型並不討好，但是從來沒有因此放棄對異性的追求及對愛情的渴望。她曾說內在美不比外表重要，然而，作品中雖然沒有直說她對自己有自信，我們仍可在她與朋友相處的過程中，看到旁人對她待人的真誠與愛心及執著的正義感讚美有加，這正是她自然散發出來的內在美。

　　她的同學如鄭蘋、小光等都是外表出色、異性緣很好的女孩，但是因為她們對愛情的盲目與錯誤觀念引起許多風波與傷害，如小光為了得到男朋友楊磊的心而上床，最後墮胎。大餅妹的生活比她們單純許多，她對愛情的態度也比較純真，加上當她看到羅密歐出現時，即使發現有別的女生喜歡他，她也不因此廢寢忘食，忘了自己應盡的責任。

　　故事對角色的刻畫，流露出作者對純真、善良等特質的鼓勵與支持，同時對迷人的外表做了一番思考。當羅密歐變得又帥又高之後，依然真誠對待其貌不揚的大餅妹，暗示了在兩性互動的過誠與尊重而已--。

　　（陳素琳）

# 茵茵的十歲願望

| 文本論及議題 | 性別平等教育主要內容項目 |
| --- | --- |
|  | 兩性的成長與發展 |
|  | 兩性的關係與互動 |
| ∨ | 性別角色的學習與突破 |
|  | 多元文化社會中的兩性平等 |
|  | 兩性權益相關議題 |

作　　者：楊美玲、趙映雪

插　　畫：劉秀君

出 版 社：九歌出版社有限公司

出版日期：1993 年 10 月

定　　價：125 元

　　本書篇名由十歲生日開始，十歲願望結束，再平凡不過的標題，也讓人好奇在這樣平凡的生日許願間，作者要表達的是什麼樣的心理轉折？

　　某天，當茵茵的爸爸收到一張遠從美國寄來的入學許可後，茵茵的生活就此改變，她開始收拾行李，向屬於臺灣的舊生活告別，準備面對未來全新的生活型態。

　　美國的日子，是新鮮美好的。異於臺灣的氣候與生活環境，有著臺灣所沒有的變化及美麗；不同於臺灣較為生硬的教育，美式教育多了活潑的課外活動與彈性的課程。異鄉的日子也是艱辛孤單的，有著語言的鴻溝，必須付出比別人多一倍的努力，才能趕得上別人；也嘗到了所謂的「種族歧視」，因為膚色不是白的，就被以輕視的眼光對待——參加夏令營被排擠、差點莫名其妙地被降級。在這苦多於樂的日子裡，茵茵一家人努力過生活，終於適應了美國的生活。表現愈來愈好的茵茵在她的十歲生日，許下了對自己在異鄉成長的肯定與期許。

　　同種族的人尚且會相互看輕，遑論不同種族的人。本書片面忠實的傳達了這個世界尚未大同的事實。茵茵在學校被同學罵「東方鬼，滾回自己的國家去。」也因為她是東方人，就被老師貼上了一個東方人就是表現不好的、落後的標籤，而給予不平等的對待，種族歧視的問題似乎是一個不在自己國家的遊子，必須每天面對的問題。但是，作者對於這點，似乎還是具很大的信心。故事情節呈現了作者企圖包容、接納的觀點。如：茵茵一家人遇到的外國人，還是以友善者居多；介紹了美國文化，也讓中國文化有表現的機會。作者兼容並蓄、尊重各種族的觀點，使得本書充滿了溫馨的感覺；也可看到故事中、現實裡在國外奮鬥的這一家人，過著辛苦卻有希望的生活。(胡怡君)

# 魯也出國啦！！

| 文本論及議題 | 性別平等教育主要內容項目 |
|:---:|:---:|
| | 兩性的成長與發展 |
| ∨ | 兩性的關係與互動 |
| | 性別角色的學習與突破 |
| | 多元文化社會中的兩性平等 |
| | 兩性權益相關議題 |

作　　者：莫等卿
出 版 社：富春文化事業股
　　　　　份有限公司
出版日期：1994 年 11 月
定　　價：110 元

　　遠嫁到馬來西亞的大姨媽來信邀請媽媽和魯也去她家度年假，於是魯也展開了一段又有趣又知性的異國探親之旅。姨媽、姨丈和表哥阿輝向魯也介紹了許多馬來西亞的風土民情，也帶他參觀各種地方、品嚐不同風味的食物或水果。魯也隨著表哥一起幫忙到膠園割膠，也拜訪了阿輝住在漁村的姑媽。那兒，魯也認識了阿輝的表妹安妮。他們一起逛夜市、觀看獵山豬、參觀雨林、騎大象，度過一段美好的假期。

　　也許作者想要討論的主題太多（如種族衝突、雨林砍伐、動物保護等），加上相關的地理人文資訊，行文當中稍嫌生硬，使得本書情節主線不甚清楚，有點散亂。但是對魯也與安妮間所產生的淡淡情愫，卻是形容得相當生動可愛。從魯也一開始看到安妮時心頭小鹿亂撞的感覺，一直到他想在女孩子面前逞強或者展現優點、情敵出現不免爭風吃醋、共乘大象時心底暗自幻想像公主王子一樣幸福快樂情景等等微妙的心情，都貼切地描寫出每個人小學時常遇見的「男生愛女生」或「女生愛男生」那種初嚐「異性相吸」滋味的感受。

　　親友帶領魯也認識馬來西亞的文化和生活習慣，讓他了解到在台灣之外還有這麼一群不一樣的人，以不一樣的方式過活；而眾人友善的態度也讓魯也感覺到雖然是不同種族卻同樣為人，同樣具有人類的善良與熱情，所以魯也在喜歡安妮的時候，不會看不起她身處的文化和習慣的生活方式，只單純地把安妮當「女生」，是個可以喜歡的對象，也算是描繪到不同文化間兩性交往的作品。（李畹琪）

# 第五個寶貝

| 文本論及議題 | 性別平等教育主要內容項目 |
|:---:|:---:|
| | 兩性的成長與發展 |
| | 兩性的關係與互動 |
| ∨ | 性別角色的學習與突破 |
| | 多元文化社會中的兩性平等 |
| | 兩性權益相關議題 |

作　　者：Eleanor Coerr
譯　　者：吳玫瑛
出 版 社：月房子出版社有限
　　　　　公司
出版日期：1995 年 7 月
定　　價：180 元

發生在長崎的原子彈爆炸，雖然結束了第二次世界大戰中日本人的侵略行動，卻也導致當地居民的無辜受害。美惠子就是受害者之一，失去在長崎的家，原本能寫出美麗書法的右手也受到了傷害；而這傷害不僅表現在皮肉之痛上，還影響了美惠子對自己的自信與希望。

被送到鄉下奶奶家的美惠子，在新學校中因為醜陋的右手而被取笑，原子彈爆炸的陰影更不時在她腦中浮現，美惠子的心中日益空虛寂寞。雖然爺爺、奶奶總是鼓勵美惠子，用盡心力照顧她，但爸媽不在身邊的孤單，以及歷歷在目的恐怖記憶，仍讓她緊閉心門，漸漸失去了那能讓她寫出美麗書法的第五個寶貝——心中之美。

同學小佳與尚子阿姨的出現，讓美惠子遠離孤獨，同時也讓她正視自己的逃避，此時學校舉辦的書法比賽，成了她挑戰自己的機會，在友情與親情的支持下，美惠子終於在一再的努力之下，重新找到了自己的心中之美。

人一旦遭逢意外，往往容易因為一時的無法接受而漸失自信，更何況是同時遇上了家園的殘破以及身心的受傷，美惠子的故事是一個很好的借鏡，她所遭遇的挫折是一般同齡的孩子所無法想像也未曾接觸的，因此在一時之間，盡管有爺爺奶奶的關愛，仍無法避免孤獨與怨懟之心情，導致那原充滿在心中的美一點一滴的消失，但盡管如此，美惠子終究還是在眾人的鼓勵之下得到了體悟，雖然恢復的過程中挫折不斷，但不畏艱難疼痛的決心，讓美惠子總算不負大家的期望，重新拾筆表現出心中之美。

美惠子的積極與努力，是書裡故事轉折的所在，另一位呈現積極堅強性格的女性，即尚子阿姨，也是造就這個轉折的關鍵人物，不同於一般印象中日本女性的溫婉有禮，她所呈現的是一種有氣魄的個性，而尖銳不客氣的言辭，反而比其他安慰來得更有用，使美惠子認清自己的懦弱，進而改變了退縮的態度，終於不再臣服於過去的創傷。整體而言，本書所呈現的女性，是具有相當的積極形象的。(凌夙慧)

# 葉上花樹

| 文本論及議題 | 性別平等教育主要內容項目 |
|:---:|:---:|
| ∨ | 兩性的成長與發展 |
| ∨ | 兩性的關係與互動 |
| | 性別角色的學習與突破 |
| | 多元文化社會中的兩性平等 |
| | 兩性權益相關議題 |

作　　者：韋伶
出 版 社：民生報社
出版日期：1999 年 4 月
定　　價：190 元

　　從《葉上花樹》中，我們可以感受到女孩（主角）的心思與感情的流轉是以十分細膩的方式在傳動。此書是作者韋伶還是女孩時寫下的心情與生活體驗。書寫女孩的心理歷程就如在〈出門〉與〈走神——W的故事〉這兩部短篇中霧的意象一般，要看清並透徹了解女孩的心思就如人要從霧裡尋找方向一樣，需要時間與等候。

　　書中表現在女孩的感情世界中，愛情是幻想的，而友誼則真實許多。〈出門〉與〈藍石頭〉述說女孩與男孩邂逅的故事，雙方的交集雖然有一個開始，但是漫長的人生是否再度交會卻無從得知，這樣的安排帶來遙想的空間，然而，少男少女的情愫經常就有如此明確的不確定感。女孩在巧合的安排下，偶然的、不知情的與男孩相遇，一起渡過人生中的一小段生命。相似的情況也發生在女孩與同性朋友的相遇與相知。交一位好友對女孩的生活與心靈而言，並非像發生在課室裡或青梅竹馬般的友情那般的自然與平凡。她的朋友是以心靈尋覓而得的伴侶，如在〈白女孩〉中，沒有以唐突的熱情去邀請白女孩當自己的朋友，而是以藝術吸引白女孩的目光，讓白女孩注意到自己的存在、了解自己，以精緻而細膩的態度經營友情的呈現。

　　女孩從不以輕忽的心情看待種種人生的偶然，只要是能引動主角心靈與感情觸角的陌生人，她都會以極驚人的慎重與真誠去追尋對方的真心與友誼。然而認識一個朋友的過程，未必都有圓滿的結局。書中與她相遇的男孩與女孩，並非各個都能與她有踏實、長久的交流，撲了個空也是無可避免的。

　　《葉上花樹》以短篇小說的形式表現女孩的內心世界，無論女孩追尋的是愛情、友情或人生的其它方向，從種種境遇中了解自己、照見自己，無論對男孩或女孩而言都是最重要的事。（陳素琳）

# 姊　妹

| 文本論及議題 | 性別平等教育主要內容項目 |
| --- | --- |
|  | 兩性的成長與發展 |
|  | 兩性的關係與互動 |
| ∨ | 性別角色的學習與突破 |
|  | 多元文化社會中的兩性平等 |
|  | 兩性權益相關議題 |

作　　　者：劉碧玲
插　　　畫：趙梅英
出 版 社：九歌出版社有限公
　　　　　司
出版日期：1999 年 7 月
定　　　價：150 元

　　小學三年級的芄芄，因為媽媽出國留學、爸爸到大陸出差，而必須和智能不足的姊姊茵茵暫時寄住阿姨家中一個月。一星期後，為了表達對爸爸爽約無法休假回臺灣的不滿，芄芄決定帶著茵茵一起偷偷地搭火車，回到彰化外公、外婆的家，一路上計劃的籌備與照顧茵茵的責任，早熟的芄芄全都一肩擔了下來。著急的父親趕回家後，決定依照芄芄的心願，將姊妹倆轉到彰化的小學校，好讓外公、外婆就近照顧。沒想到，在班級人數少且沒壓力的小學校中，茵茵的表現出乎意料地好，兩姊妹還在音樂發表會上鋼琴伴奏和獨唱，媽媽也特地從美國回來，給了她們一個大驚喜！

　　《姊妹》一書中的女性，皆具有堅強獨立的性格：原本是個家庭主婦的媽媽，為了理想，自己一路辛苦進修，更申請到國外的學校，努立爭取完成個人夢想的機會。芄芄早熟纖細的思想，從未讓父母擔心，還能盡心地照顧智能不足的姊姊，而獨自計畫帶姊姊到外婆家，更顯得獨立與勇敢。茵茵雖然智能不足，但旁人教導她的事，她也很認真地完成，能試著自己應付各種狀況，而不需要事事依賴他人。而文本中的男性角色，更充分顯現尊重女性的立場：爸爸沉穩內斂，凡事尊重家人的決定，並沒有因為可能會造成家庭生活的不便，而阻止媽媽出國進修，相反地是全力支持媽媽實踐理想。外公的教養方式則是開明、有原則，對兩外孫女一視同仁，沒有因智力上的障礙而偏袒任一方。

　　《姊妹》中的家庭成員，皆處於一平等的地位，彼此相互尊重、關懷，可以自在地表達出自我的想法，並在獲得家人的支持下，實現個人對理想的追求。

　　（黃惠婷）

# 魔法師的接班人

| 文本論及議題 | 性別平等教育主要內容項目 |
|:---:|:---:|
| | 兩性的成長與發展 |
| ∨ | 兩性的關係與互動 |
| ∨ | 性別角色的學習與突破 |
| | 多元文化社會中的兩性平等 |
| | 兩性權益相關議題 |

作　　　者：Margaret Mahy
譯　　　者：蔡宜容
出 版 社：臺灣東方出版社股
　　　　　　份有限公司
出版日期：2001 年 7 月
定　　　價：220 元

　　一開始出現在書中的主角是巴尼，一個溫和又柔順的小男孩。他本身的個性雖然喜愛家庭和平凡的生活，卻有許多不平凡的事情降臨在他的身上：多年前的「鬼朋友」、圍繞在他身邊愈來愈清楚的一種聲音、還有一頭金色捲髮身穿奇怪紫色西裝的小男孩……。

　　《魔法師的接班人》是一本以小男孩巴尼為主角展開的奇幻推理恐怖故事。但細讀全書之後，隱藏在背後的真正主角卻出人意料。作者如此的寫作方式與文中詭異的氣氛配合得天衣無縫，透過書中最神秘「誰都不准再提」的角色寇爾叔公追尋接班人的歷程，其他的角色與讀者們也一起在揭露埋藏的真相的隧道中彎曲前行，唯有兩位握有真正祕密鑰匙的女性知道真相。

　　書中女性角色雖然不比男性多，卻比眾多的男性角色顯得強勢。最為「搶眼」的自然是塔碧莎，巴尼的兩個姊姊之一。她極愛說話、隨時拿著筆記本等著事情發生好紀錄下來、喜歡追根究底、期待所有「神奇」的事情發生在自己的身上。

　　和妹妹塔碧莎相反，楚伊是一個惜言如金的陰沉女孩，但當她開口的時候，那些話語都帶有一種弦外之音或特別的智慧與真實。她隱瞞自己真實的身分十多年，為了實踐與去世的母親約定好的誓言，等到自己有能力控制魔法的時候才說出事實真相。另外一位剛硬的女性角色是史加勒外曾祖母，她陰晴不定、對待自己孩子就如同訓練海軍陸戰隊一般講求紀律，對人冷淡不帶感情，沒有人知道她為什麼會變成這樣一副德行，直到被楚伊揭發她也是一名魔法師！

　　身為家中繼母角色的克萊兒，則是剛柔並濟的韌性女子，細心呵護家裡的孩子，卻也不怕挺身而出對抗要將巴尼強行帶走的魔法師——寇爾叔公。而孩子們的親生母親，史加勒家的朵芙，成為巴尼一家與史加勒家族的連結，她從史家勒家的紀律與束縛中出走，清楚魔法可以帶來壞運也可以帶來好事。

　　這些細心刻畫的女性角色，各有其鮮明的個性，在書中的重要性也遠遠凌駕於男性角色之上，是積極刻畫女性形象的作品。(楊雅涵)

# 沒有月亮的晚上

| 文本論及議題 | 性別平等教育主要內容項目 |
|:---:|:---:|
| | 兩性的成長與發展 |
| V | 兩性的關係與互動 |
| V | 性別角色的學習與突破 |
| V | 多元文化社會中的兩性平等 |
| | 兩性權益相關議題 |

作　　者：Sid Fleischman
插　　畫：蔡嘉驊
譯　　者：趙映雪
出 版 社：幼獅文化事業股份
　　　　　有限公司
出版日期：2001 年 9 月
定　　價：200 元

在沒有月亮的晚上，漆黑而無法前進之時，唯有盜匪能瀟灑漫遊，一如陽光普照。

沒有月亮的晚上，俠盜劫匪的天堂。

淘金熱與加州，土匪與小女孩，美國白人與墨西哥人，這些表面看似充滿對立與衝突的元素，在錫德‧弗萊謝曼筆下譜出吟游詩人般綿延不斷的成長故事：《沒有月亮的晚上》。故事描述淘金時期，大盜穆蛙金在追殺仇人途中，搭救女扮男裝的白人十二歲小女孩，為了尋找失散的哥哥，小女孩加入穆蛙金的土匪陣營。

小女孩施安玫，為了在幫派中求生存，女性外在辨識特徵（洋裝、長髮）被迫去除，取而代之的是象徵男性的襯衫與長褲；就算她穿上粉紅色棉布洋裝與白色遮陽帽，回到可辨認的女性外表，對穆蛙金宣告：「我是女生。」骨子裡仍然是一個十足顛覆了性別刻板印象的「野」女孩。用「野」這個字眼形容安玫，並非貶抑，而是代表她心靈的自由與自主思考的狂放、不受拘束。因為閱讀，她得到思辯、尋找真理的能力，不相信道聽塗說的傳言；利用「識字」能力，引誘不識字的穆蛙金來換取生存；她「主動出擊」尋找哥哥，而不是坐以待斃、等待王子救援的公主。

錫德‧弗萊謝曼在故事中也呈現不同種族相處時會遇到的問題，例如偏見。由於墨西哥人與白人間的陌生與自以為是，產生了許多繪聲繪影、駭人聽聞的聳動傳說，或是不尊重彼此的稱號。因此，白人小女孩與墨西哥強盜之間的互動顯得格外動人，安玫從害怕到勸哥哥不要加入追趕穆蛙金的行列，因為她明瞭善與惡並不是非得你死我活的絕對。

「Es destino!」真是妙極了！當讀者隨著安玫一同強忍悲傷地跑去展示屍體的廣場，仔細盯著被誤認為是大盜穆蛙金的頭，聽到安玫低語後，不禁與安玫同時鬆了口氣，期待有一天，在加利福尼亞的某座小山丘，在同一株橡樹下，靜靜地等候穆蛙金的到來。（黃千芬）

# 附錄：性別平等教育
## 優良讀物 100 兒童版書目

圖畫書類書目 57 本

| 書　　名 | 作　　者 | 繪　　者 | 出　版　社 | 出版年月 |
|---|---|---|---|---|
| 養豬王子 | 安徒生著 蔣家語譯 | 畢昂‧溫布拉 | 上誼文化實業 股份有限公司 | 1989.10 |
| 我的爸爸不上班 | 施政廷 | 施政廷 | 上誼文化實業 股份有限公司 | 1990.03 |
| 朱家故事 | 安東尼‧布朗著 漢聲雜誌社譯 | 安東尼‧布朗 | 英文漢聲出版 有限公司公司 | 1991.04 |
| 小貓玫瑰 | 皮歐特‧魏爾康 著／陶緯譯 | 約瑟夫‧魏爾 康 | 上誼文化實業 股份有限公司 | 1991.09 |
| 丹雅公主 | 王宣一 | 莊稼漢 | 遠流出版事業 股份有限公司 | 1993.03 |
| 紅公雞 | 王　蘭 | 張哲銘 | 信誼基金 出版社 | 1993.08 |
| 天空在腳下 | 艾莉‧麥考莉著 孫晴峰譯 | 艾莉‧麥考莉 | 格林文化事業 股份有限公司 | 1994.01 |
| 阿倫王子歷險記 | 柏尼‧包斯著 劉守儀譯 | 漢斯‧比爾 | 格林文化事業 股份有限公司 | 1994.01 |
| 莎麗要去演馬戲 | 梅布絲著 袁瑜譯 | 布赫茲 | 格林文化事業 股份有限公司 | 1994.01 |
| 頑皮公主不出嫁 | 巴貝‧柯爾著 吳燕凰譯 | 巴貝‧柯爾 | 格林文化事業 股份有限公司 | 1994.01 |
| 膽大小老鼠、 膽小大巨人 | 安格‧富修伯著 梁景峰譯 | 安格‧富修伯 | 格林文化事業 股份有限公司 | 1994.01 |
| 奇奇骨 | 威廉‧史塔克著 劉梅影譯 | 威廉‧史塔克 | 上誼文化實業 股份有限公司 | 1995.09 |
| 黑兔和白兔 | 哥斯‧威廉士著 林真美譯 | 哥斯‧威廉士 | 遠流出版事業 股份有限公司 | 1996.07 |

| 喬治與瑪莎趣味好多嘅 | 詹姆斯·馬歇爾著／楊茂秀譯 | 詹姆斯·馬歇爾 | 遠流出版事業股份有限公司 | 1996.09 |
|---|---|---|---|---|
| 喬治與瑪莎轉、轉、轉 | 詹姆斯·馬歇爾著／楊茂秀譯 | 詹姆斯·馬歇爾 | 遠流出版事業股份有限公司 | 1996.09 |
| 超人爸爸 | 管家琪 | 沈麗香 | 臺灣省教育廳 | 1996.10 |
| 雪女 | 今江祥智著　張玲玲譯 | 赤羽末吉 | 格林文化事業股份有限公司 | 1996.11 |
| 穿過隧道 | 安東尼·布朗著　陳瑞炫譯 | 安東尼·布朗 | 遠流出版事業股份有限公司 | 1997.08 |
| 小恩的祕密花園 | 莎拉·史都華著　郭恩惠譯 | 大衛·司摩 | 格林文化事業股份有限公司 | 1998.06 |
| 爸爸，你愛我嗎？ | 史蒂芬·麥可·金著／余治瑩譯 | 史蒂芬·麥可·金 | 三之三文化事業股份有限公司 | 1998.07 |
| 大姊姊和小妹妹 | 夏洛特·佐羅托著／陳質采譯 | 瑪莎·亞歷山大 | 遠流出版事業股份有限公司 | 1998.08 |
| 我的媽媽真麻煩 | 芭蓓蒂·柯爾著　陳質采譯 | 芭蓓蒂·柯爾 | 遠流出版事業股份有限公司 | 1998.09 |
| 威廉的洋娃娃 | 夏洛特·佐羅托著／楊清芬譯 | 威廉·潘納·杜·波瓦 | 遠流出版事業股份有限公司 | 1998.09 |
| 媽媽的紅沙發 | 威拉·畢·威廉斯著／柯倩華譯 | 威拉·畢·威廉斯 | 三之三文化事業股份有限公司 | 1998.09 |
| 潔西卡和大野狼 | 泰德·洛比著　黃嘉慈譯 | 田納西·狄克遜 | 遠流出版事業股份有限公司 | 1998.09 |
| 花婆婆 | 芭芭拉·庫尼著　方素珍譯 | 芭芭拉·庫尼 | 三之三文化事業股份有限公司 | 1998.10 |
| 六個男人 | 大衛·麥基著　林真美譯 | 大衛·麥基 | 遠流出版事業股份有限公司 | 1999.02 |
| 媽媽爸爸不住一起了 | 凱絲·史汀生著　林真美譯 | 南希·路·雷諾茲 | 遠流出版事業股份有限公司 | 1999.02 |
| 愛花的牛 | 曼羅·里夫著　林真美譯 | 羅伯特·勞森 | 遠流出版事業股份有限公司 | 1999.02 |

| 晚餐前五分鐘 | 伊娃·普洛查科娃著／洪翠娥譯 | 瓦克拉夫·波可尼 | 晨星出版社 | 1999.08 |
|---|---|---|---|---|
| 精采過一生 | 芭蓓蒂·柯爾 黃迺毓譯 | 芭蓓蒂·柯爾 | 三之三文化事業股份有限公司 | 1999.08 |
| 潔西過大海 | 艾美·海斯特著 趙美惠譯 | P. J. 林區 | 格林文化事業股份有限公司 | 1999.09 |
| 小小其實並不小 | 林芬名 | 林芬名 | 國語日報社 | 1999.10 |
| 不快樂的大巨人 | 陳秋惠 | 蝴蝶找貓兒童創意工作室 | 格林文化事業股份有限公司 | 1999.10 |
| 超級哥哥 | 趙美惠 | 崔永嬿 | 國語日報社 | 1999.10 |
| 愛織毛線的尼克先生 | 瑪格麗特·懷德著／柯倩華譯 | 迪·赫克絲利 | 上誼文化實業股份有限公司 | 1999.10 |
| 三重溪水壩事件 | 派翠西亞·波拉蔻著／鄭雪玫譯 | 派翠西亞·波拉蔻 | 遠流出版事業股份有限公司 | 2000.02 |
| 艾瑪畫畫 | 溫蒂·凱瑟曼著 柯倩華譯 | 芭芭拉·庫尼 | 三之三文化事業股份有限公司 | 2000.04 |
| 我們的媽媽在哪裡? | 黛安·古迪著 余治瑩譯 | 黛安·古迪 | 上堤文化實業股份有限公司 | 2000.05 |
| 不會騎掃把的小巫婆 | 郭桂玲 | 郭佳玲 | 國語日報社 | 2000.06 |
| 好事成雙 | 巴貝·柯爾 郭恩惠譯 | 巴貝·柯爾 | 格林文化事業股份有限公司 | 2000.07 |
| 小女兒長大了 | 彼德·席斯著 小野譯 | 彼德·席斯 | 格林文化事業股份有限公司 | 2000.10 |
| 當乃平遇上乃萍 | 安東尼·布朗著 彭倩文譯 | 安東尼·布朗 | 格林文化事業股份有限公司 | 2001.02 |
| 巧媳婦智鬥縣太爺 | 曾美慧 | 周東慧 | 狗狗圖書有限公司 | 2001.03 |
| 小魚散步 | 陳致元 | 陳致元 | 信誼基金出版社 | 2001.04 |
| 奧立佛是個娘娘腔 | 湯米·狄咆勒著 余治瑩譯 | 湯米·狄咆勒 | 三之三文化事業股份有限公司 | 2001.04 |

| 愛書人黃茉莉 | 莎拉・史都華著 柯倩華譯 | 大衛・司摩 | 遠流出版事業 股份有限公司 | 2001.04 |
| 圖書館女超人 | 蘇珊娜・威廉斯 著／小蜜柑譯 | 史提芬・凱拉 | 遠流出版事業 股份有限公司 | 2001.04 |
| 勇敢的莎莎 | 凱文・漢克斯著 柯倩華譯 | 凱文・漢克斯 | 三之三文化事 業股份有限公 司 | 2001.05 |
| 威斯利王國 | 保羅・弗萊舒曼 著／柯倩華譯 | 凱文・霍克斯 | 和英出版社 | 2001.05 |
| 酷媽也瘋狂 | 布哈蜜著 孫千淨譯 | 席海格 | 格林文化事業 股份有限公司 | 2001.05 |
| 紙袋公主 | 羅伯特・繆斯克 著／蔡欣坪譯 | 邁克・馬薛可 | 遠流出版事業 股份有限公司 | 2001.07 |
| 莉莉的紫色小皮包 | 凱文・漢克斯著 李坤珊譯 | 凱文・漢克斯 | 和英出版社 | 2001.07 |
| 灰王子 | 巴貝・柯爾著 郭恩惠譯 | 巴貝・柯爾 | 格林文化事業 股份有限公司 | 2001.09 |
| 家族相簿 | 席薇亞・戴娜・ 提娜・克莉格著 洪翠娥譯 | 烏麗可・柏陽 | 和英出版社 | 2001.10 |
| 蘿拉找王子 | Loufane 著 王靖雅譯 | Loufane | 艾閣萌股份有 限公司 | 2001.11 |
| 菲菲生氣了—— 非常、非常的生氣 | 莫莉・卞著 李坤珊譯 | 莫莉・卞 | 三之三文化事 業股份有限公 司 | 2000.12 |

## 童話類書目 10 本

| 書　　名 | 作　　者 | 繪　　者 | 出 版 社 | 出版年月 |
|---|---|---|---|---|
| 口水龍 | 管家琪 | 賴馬 | 民生報社 | 1991.07 |
| 孩子王・老虎 | 王家珍 | 王家珠 | 民生報社 | 1992.08 |
| 怒氣收集袋 | 管家琪 | 劉伯樂 | 民生報社 | 1993.01 |

| 捉拿古奇颱風 | 管家琪 | 張哲銘、王蘭 | 民生報社 | 1993.05 |
| 白雪公主在嗎? | 方素珍 | 楊麗玲 | 信誼基金出版社 | 1994.07 |
| 小野豬的玫瑰花 | 王家珍 | 王家珠 | 民生報社 | 1995.03 |
| 山羊巫師的魔藥 | 王家珍 | 王家珠 | 民生報社 | 1995.04 |
| 摩登烏龍怪鎮 | 賴曉珍 | 劉伯樂 | 民生報社 | 1997.11 |
| 花木蘭 | 管家琪 | 孫基榮 | 文經出版社有限公司 | 1998.07 |
| 甜雨 | 孫晴峰 | 唐壽南 | 民生報社 | 1999.04 |

## 故事類書目 26 本

| 書　名 | 作　者 | 出 版 社 | 出版年月 |
|---|---|---|---|
| 保母包萍 | 特萊維絲著 何欣譯 | 國語日報社 | 1968.09 |
| 風吹來的保母 | 特萊維絲著 何欣譯 | 國語日報社 | 1988.04 |
| 長襪子皮皮冒險故事 | 阿·林格倫著 任溶溶譯 | 志文出版社 | 1993.03 |
| 老茄苳的眼淚 | 可　白 | 小兵出版社 | 1993.04 |
| 頭頂長樹的男孩 | 可　白 | 小兵出版社 | 1993.04 |
| 灰盒子寶貝 | 方素珍 | 大千文化出版事業公司 | 1993.05 |
| 孫媽媽獵狼記 | 可　白 | 小兵出版社 | 1993.05 |
| 蓮霧國的小女巫 | 管家琪 | 大千文化出版事業公司 | 1993.09 |
| 瘋丫頭瑪迪琴的故事 | 阿·林格倫著 任溶溶譯 | 志文出版社 | 1994.04 |
| 二郎橋那個野丫頭 | 桂文亞 | 民生報社 | 1996.07 |
| 男生女生ㄆㄟˋ | 王淑芬 | 小兵出版社 | 1997.03 |
| 石縫裡的信 | 蔡宜容 | 小兵出版社 | 1997.06 |
| 小四的煩惱 | 王淑芬 | 小兵出版社 | 1997.09 |
| 羅蜜海鷗與小豬麗葉 | 王淑芬 | 國語日報社 | 1998.04 |
| 童年懺悔錄 | 王淑芬 | 民生報社 | 1998.08 |

| 我的爸爸是流氓 | 張友漁 | 小兵出版社 | 1998.10 |
| 又醜又高的莎拉 | 佩特莉霞・麥拉克倫著／林良譯 | 三之三文化事業股份有限公司 | 1999.01 |
| 偵探班出擊 | 傅林統 | 富春文化事業股份有限公司 | 1999.01 |
| 蚯蚓泡泡戰 | 唐土兒 | 小兵出版社 | 1999.06 |
| 女主角的祕密廚房 | 王淑芬 | 小兵出版社 | 2000.01 |
| 三年五班，真糗！ | 洪志明 | 小魯文化事業股份有限公司 | 2000.06 |
| 十二歲風暴 | 王淑芬 | 小兵出版社 | 2001.01 |
| 六年五班，愛說笑！ | 洪志明 | 小魯文化事業股份有限公司 | 2001.06 |
| 有男生愛女生 | 毛志平 | 小兵出版社 | 2001.06 |
| 一隻老鼠的故事 | 托爾・賽德爾著 陳佳琳譯 | 玉山社出版事業股份有限公司 | 2001.07 |
| 大餅妹與羅蜜歐 | 林滿秋 | 幼獅文化事業股份有限公司 | 2001.10 |

## 小說類書目 7 本

| 書　名 | 作　者 | 出　版　社 | 出版年月 |
|---|---|---|---|
| 茵茵的十歲願望 | 楊美玲、趙映雪 | 九歌出版社有限公司 | 1993.10 |
| 魯也出國啦 | 莫等卿 | 富春文化事業股份有限公司 | 1994.11 |
| 第五個寶貝 | 艾琳諾・可兒著 吳玫瑛譯 | 月房子出版社有限公司 | 1995.07 |
| 葉上花樹 | 韋伶 | 民生報社 | 1999.04 |
| 姊妹 | 劉碧玲 | 九歌出版社有限公司 | 1999.07 |
| 魔法師的接班人 | 瑪格麗特・梅罕著 蔡宜容譯 | 臺灣東方出版社股份有限公司 | 2001.07 |
| 沒有月亮的晚上 | 錫德・弗萊謝曼著 趙映雪譯 | 幼獅文化事業股份有限公司 | 2001.09 |

國家圖書館出版品預行編目（CIP）資料

林文寶兒童文學著作集. 第四輯, 其他編 ／ 林文寶作.
-- 初版. -- 臺北市：萬卷樓圖書股份有限公司,
2023.09
　冊　；　公分. --（林文寶兒童文學著作集；
1605004）
ISBN 978-986-478-987-0（第 10 冊：精裝）. --
ISBN 978-986-478-989-4（全套：精裝）

1.CST: 兒童文學 2.CST: 文學理論 3.CST: 文學評論
4.CST: 臺灣

863.591　　　　　112015560

林文寶兒童文學著作集　第四輯　其他編　第十冊

# 性別平等教育優良讀物
# 兒童版（修編版）

9 789864 789870

作　　者 林文寶
主　　編 張晏瑞

出　　版 萬卷樓圖書股份有限公司
發行人 林慶彰
總經理 梁錦興
總編輯 張晏瑞
聯　　絡 電話 02-23216565　　　傳真 02-23944113
　　　　　網址 www.wanjuan.com.tw
　　　　　郵箱 service@wanjuan.com.tw
地　　址 106 臺北市羅斯福路二段 41 號 6 樓之三
印　　刷 百通科技股份有限公司
初　　版 2023 年 9 月
定　　價 新臺幣 18000 元　全套十一冊精裝　不分售
ISBN　978-986-478-989-4（全套：精裝）
ISBN　978-986-478-987-0（第 10 冊：精裝）